国家出版基金项目
NATIONAL PUBLICATION FOUNDATION

国家出版基金资助项目

项目编号：2018~076

"一带一路"大型系列丛书

总策划　戴佩丽
主　编　孙春光　副主编　马庭英

刘　刚 ◎ 著

新疆是个好地方

诗意北庭

中央民族大学出版社
China Minzu University Press

图书在版编目（CIP）数据

诗意北庭／刘刚著. —2 版. —北京：中央民族大学
出版社，2021.12（2022.4 重印）

（"一带一路"大型系列丛书. 新疆是个好地方）

ISBN 978-7-5660-2003-1

Ⅰ.①诗…　Ⅱ.①刘…　Ⅲ.①诗词—作品集—中国—当代

Ⅳ.①I227

中国版本图书馆 CIP 数据核字（2021）第 265873 号

诗意北庭

著　者	刘　刚	
责任编辑	戴佩丽	
责任校对	赵　静	
封面设计	舒刚卫	
出版发行	中央民族大学出版社	
	北京市海淀区中关村南大街 27 号　邮编：100081	
	电　话：(010)68472815(发行部) 传真：(010)68932751(发行部)	
	(010)68932218(总编室)　　　(010)68932447(办公室)	
经销者	全国各地新华书店	
印刷厂	北京鑫宇图源印刷科技有限公司	
开　本	787×1092　　1/16　　印张：16	
字　数	235 千字	
版　次	2021 年 12 月第 2 版　2022 年 4 月第 2 次印刷	
书　号	ISBN 978-7-5660-2003-1	
定　价	65.00 元	

"一带一路"倡议中，新疆定位于丝绸之路经济带核心区，并以日益凸显的区位优势和辐射效应，与21世纪海上丝绸之路逐步衔接。

在第二次中央新疆工作座谈会上，习近平总书记强调，要在各族群众中牢固树立正确的祖国观、民族观，弘扬社会主义核心价值体系和社会主义核心价值观，增强各族群众对伟大祖国的认同、对中华民族的认同、对中华文化的认同、对中国特色社会主义道路的认同。近年来，在以习近平同志为核心的党中央坚强领导下，新疆文化事业得到长足发展，对经济社会发展的引领作用不断增强，特别是随着稳定红利持续释放，文化创新呈现快速增长。实践充分证明，以习近平同志为核心的党中央治疆方略高瞻远瞩、英明睿智，只要坚定不移地贯彻落实党中央治疆方略，新疆形势就能朝着全面稳定的方向发展、就能实现社会稳定和长治久安，新疆经济就一定能够贯彻好新发展理念、推动高质量的发展。

"一带一路"倡议的实施是新疆地区走向现代化、融入现代化潮流、发展现代文化的一次新机遇。在这一背景下，《"一带一路"大型系列丛书——新疆是个好地方》出版项目正式推出，其目的就是要围绕中心、服务大局，弘扬主旋律，传播正能量，为推进新疆稳定发展提供了强有力的

文化支撑。

　　丛书坚持党性与人民性相统一，不断增强中国特色社会主义道路自信、理论自信、制度自信、文化自信；坚持正确文化导向，团结、稳定、鼓劲，弘扬正能量；紧紧围绕社会稳定和长治久安总目标，使文学作品服务大局，形成文化艺术的强大合力。丛书作品内容注重创新意识、创新观念、创新内容、创新形式，切实提高文学作品的传播力、引导力、影响力和公信力；坚持"高举旗帜、引领导向、围绕中心、服务大局、团结人民、鼓舞士气，成风化人、凝心聚力、澄清谬误、明辨是非、连接中外、沟通世界"。

　　丛书的出版发行，将对发展新疆区域文化产生积极的正面效应。基于此，我们遴选了疆内的数十位知名作家，通过报告文学、散文、诗歌、小说等形式，从不同的角度反映新疆现代文化发展，展示各民族同胞践行社会主义核心价值观以及逐步形成的进步、文明、开放、包容、科学的理念，讴歌各民族同胞团结互助的精神风貌和浓厚氛围，进一步增强各民族同胞之间的认同感，更好地维护新疆地区的长久稳定和繁荣助一臂之力。丛书视角独特、文字量浩繁、信息量巨大，让新疆人民可以真正全面地知道自己，让疆外的读者可以全面地认知新疆，也让世界客观地了解新疆、了解中国。

　　丛书得到了国家新闻出版署、中共新疆维吾尔自治区党委宣传部审读处、国家出版基金办的大力支持，使得这部丛书得以顺利出版。

编　者

序

1955 年初夏，我出生在湖南长沙。在潇湘大地，生活了不到 12 年。1967 年元旦，我的双脚就已经踏上了新疆这块神奇的土地，此后就再也没有离开过，屈指数来，今年已经是第五十一个年头了。而 51 年中，在呼图壁县就有 40 年！如此悠长的岁月。我对这里的每一寸土地，都有着相当深厚的情感和眷恋。

写诗，起步于 20 世纪 70 年代初期，希冀以此来记录自己的心迹历史与生活轨迹。当然，还有爱好在其中，尤其 70 年代后期我落户呼图壁县以后，对诗词有了一些独特的理解与认识，不论风花雪月、飞禽走兽，还是天文地理，都投以兴趣，无论山山水水、草草木木，都纵情恣意，难以自已，一发而不可收。于是乎，洋洋洒洒地、不遗余力地、不惜笔墨地大书，特书，狂书，几十年不曾辍笔。

随着年岁的增长，对社会、对历史的认识，都凝聚着自己的思考。在我成长的路上，有诸多变故发生，虽然许多是

我难以预料，甚至来不及思考、来不及认识的，虽然它们对于我的成长是磨难或者是坎坷，但它更是一种磨砺，一种历练心智与襟怀的过程和元素。磨砺也好，磨难也罢，抑或是坎坷也罢，都使自己懂得了什么是人生，人生应当做什么，不应当做什么，渐渐地成熟了起来。所以，认识是在特定的环境、特定的心境、特定的阅历中逐渐深刻的，也由此翻涌出与他人不同的见地，无论是爱是恨，无论是荣是辱，都是一次难得的人生经历。

屈指算来，从诗路上一路走来这几十年，自是由稚嫩到熟稔，由熟稔到益臻，陆陆续续积攒下来一些诗文，将其梳理了一下，今天拿出一部分来示人，既不是炫耀自己的能耐，更不是卖弄自己的才学，只是将时常看见的一些风物，以及由它所展开的一些想象，用特别的方式加以记录，告诉所有人：虽然从襁褓到垂髫，从垂髫到总角，我是在长沙度过的，但新疆、新疆呼图壁仍然是我的"醉爱"，我爱她，而且是炽烈地爱着她。这种爱，不是简简单单的不由自主的呈现，不是口头上的，而是在字里行间。

呼图壁这块热土滋润了我，养育了我，是我成长路上的温床与依靠，是我诗词创作的营养成分。她是祖国不可分割的一部分，是神圣的。我只想用自己的方式，用发自骨子里、肺腑里的心声，来表达对祖国的爱、对这块热土的爱、对这里的山山水水的爱、对这里的草草木木的爱！因为她和祖国通体连肤，一脉相承！

我的创作，绝大部分都是在这里诞生的。

十分有幸的是，我在呼图壁的几十年，正是中华人民共和国成立以来呼图壁县发生翻天覆地的变化的时段，这也为我的创作提供了极其丰富的养料。这些变化，不仅出现在城市，也出现在乡村；在这些变化当中，有的是笔者的见地，有的是笔者的思考，有的是笔者的向往与希冀……

2016年底，我初中、高中时的同学马庭英将我推荐给了"一带一路"大型系列丛书编委会。十分庆幸而荣幸的是，我的个人爱好被有识之士看好，汇集成册。在这里，我不仅要向我的老同学表示感谢，还要感谢初期合作、审稿的孙部长为本书的编辑、排版提出的建设性意见。

在笔耕几十年的时光里，写了几千首诗词作品，今筛选700多首汇集成册（另附几篇"游记"作为点缀）。其中，"本土风情"（256首）以呼图壁县为主要讴歌对象；"边陲景致"（221首）以地域为界；"塞外时序"（199首）以时令为序；"西域情怀"（51首）以人文为基点。

企盼行家不吝赐教、指正！

2018年2月

目 录

第一篇　本土风情

呼图壁今昔

其一

门户相邻店铺奇，琳琅满目眼前迷。

当年票证谁家少，岁尾盘中不见鸡。

其二

楼店林林总总齐，旧时庐舍早嫌低。

通衢滚滚车流疾，一别三年路转迷。

其三

有鬼城池却不魔，声声长叹岁蹉跎。

当年夜宿拴衔辔，今日天山经济坡。

【注】"呼图壁"是准噶尔蒙古语，原意为"吉祥"。其正确译音是"胡图克拜"，后来一般人读快了，便成了"呼图壁"。按照准噶尔语意译，近似"有鬼"。因此历史上亦称呼图壁"有鬼"。元地方志中的"古塔巴"和《西域土地人物略》中的"苦他巴"，都是"胡图克拜"一词急读或汉语"切音"的记音结果（下同）。

忆秦娥·呼图壁今昔

其一

呼图壁，当年小镇生芦荻。生芦荻，马途牛道，雨天泥沼。

休闲举足星期日，相逢却是常相识。常相识，夜来灯蜡，暑宵蚊袭。

其二

呼图壁，而今道阔车流疾。车流急，物华天宝，大楼林立。

人心不古追潮汐，芸芸商贾如云集。如云集，朝悬绚丽，夜生虹霓。

其三

呼图壁，东联西出通南北。通南北，人灵地杰，国家丰溢。

听音世界无墙隔，行程千里为朝夕。为朝夕，江山一璧，共心同力。

呼图壁旅游印象

日晏虽然晚照墩，风光旖旎立乾坤。

巍巍山岳皑皑雪，浩浩农田处处村。

丰富资源藏地底，和谐塞族宠元根。

通衢豁达天边近，何必神州辨仲昆。

【注】晏：晚，意为呼图壁与内地的时差为两小时。塞族：康家石门子生殖崇拜岩画。据《呼图壁县志》记载："有关专家考证，呼图壁县康家石门子生殖崇拜岩画的雕琢不是完成于同一时间，而是在相当长的历史时期内完成的，是公元前1000多年前父系氏族部落时期的岩雕艺术，距今约有3000年的历史。据史书记载，呼图壁县、玛纳斯县一带最早是塞种人游牧之地。康家石门子岩画中人物的脸形特征明显与古代塞种人的形象相近，此幅巨型生殖崇拜岩画，反映了这一地区塞种人的生殖崇拜实情。"岩画画面东西长约14米，上下高9米，画面面积达120多平方米。在120多平方米内，从上到下，从左到右，布满了两三百个大小不等、身姿各异的人物刻像。最低部位的刻像，也多距现在的地面2.5米以上；最上部的刻像，距今地面10米左右。人物大者，过于真人；小者，只约20厘米。人像有男有女，或站或卧，或衣或裸，抑或舞之，形象逼真，形姿清晰，栩栩如生。其下，小人群列，显示了原始人类祈求生殖、繁衍人口的生殖崇拜。

呼图壁旧城

城东不慎才颠踬，可到街西拾帽冠。

马未扬蹄声止急，雨天两脚满泥丸。

【注】"旧城"是与"新城"相对而言的。

过新城有感

倾城拔地起高楼，稼穑曾经硕果收。

着甚留些方寸地，子孙何处未平畴？

【注】新城，指呼图壁县制定县城南移决策后的城镇。

呼图壁县卫生景观

泥泞小径几千年，马带尘埃费力鞭。

转眼楼高街面净，人人相见说从前。

呼图壁县拥军之理

当年征战打江山，卫国而今不惧艰。

身影纷纷危险处，全民拥戴献花环。

呼图壁城市趋势

城市规模渐向南，家家尽可纳晴岚。

氤氲带有雪山意，沾得仙云几许罩。

【注】2014年7月，县委、县政府决定扩大呼图壁县城区域，向南发展。

闻宣传部部长描绘呼图壁城市规划远景

拟把蓝图实惠民，东西南北植长茵。

纵横绿化胸中策，迎送如梭交织宾。

【注】"宣传部部长"即2012年时任呼图壁县委宣传部副部长刘军
（下同）。

浣溪沙·闻宣传部部长
介绍呼图壁中期规划寄怀

莫忆曾经戈壁荒，三年五载易凄凉。届时谁不
读华章？

东有花厅迎远客，西施雨露润膏粱，游人无处
不徜徉。

题呼图壁县林业局苗木花卉展览中心

其一

到底玻璃六叶形，通衢坐落胜宫廷。

恢宏磅礴名西北，更绝身居掩映青。

其二

阡陌春浓瘦影深，人耕粮食我耕林。

繁多名木氧源地，惠及儿孙低碳心。

【注】呼图壁县林业局苗木花卉展览中心，是西北地区最大的苗木基地，位于二十里店西乌伊公路与312国道交汇处，2012年建成。

呼图壁县林业局苗木花卉基地采风

晴空辽阔蔚蓝蓝，十里驱车城郭南。

金叶榆茎缃色露，红槲枝干赭身簪。

云杉心有钻天志，花草根无霸道贪。

昔日荒滩何处觅，惠风和畅泽覃覃。

景化——桃源

村落仙园雨带形，武陵人后始称雄。

十分春色含轻露，四溢天香送淡红。

施粉施朱蜂蝶里，倾城倾国绮罗中。

避秦不必寻渔叟，祖国边陲遍地同。

【注】"景化"为呼图壁县1954年以前的旧称。

壬午季冬日漫步呼图壁城

丝绸古镇妙如诗，阛阓琳琅欲揽私。

有惑行人疑作窃，无惊灯影照书痴。

轻氤淡霭神仙境，泻玉流金帝子簏。

遮莫银河堤穴溃，漏些璀璨忘收时。

漫步呼图壁城即景

妙趣横生兴致余，眼前佳色字难书。

传闻野蕻生芦荻，漫道低墩系马驴。

笔直通衢更市井，缠绵嫩草傍阎闾。

琼楼栉比如鳞次，告慰先翁富庶初。

呼图壁人植树

眼下时宜一派春，荒滩培植净埃尘。
莫嫌工序多繁杂，不亚根深在树人。

过呼图壁东风大街

其一

轻茵夹道两行诗，楼宇摩天次第之。
憾对繁华贫学问，无穷旖旎不能辞。

其二

辚辚疾驶似风呼，早了孱羸马道驴。
枢纽一通南北远，纷纷都是赶潮车。

其三

翁媪双双结伴行，一街尽响杖筇声。
曾经多少风光景，指道春深树上莺。

【注】东风大街是呼图壁县城区的主干道，以下提到的"街""长街"均指它。

行东风大街有感

日照通衢车涌流，匆匆行色为何愁？
人人趋利争朝夕，物欲嚣张挤破头！

呼图壁长街行

日日长街走几遭，缤纷色彩可溶毫。

当年寥落曾岑寂，喜看琼楼遍地高。

呼图壁街头随感

形形色色新音乐，混杂街头甚上嚣。

环保应当除唳啸，常闻自净乐逍遥。

闻呼图壁县城晨钟有感

第一钟声拂晓鸡，匆匆发奋各东西。

赖床错过三更起，输了他人进取蹄。

【注】"晨钟"是位于呼图壁县城内曙光商业大厦楼顶的大钟，每日早8时起鸣响。

题呼图壁徽式商业步行街

江南风韵小城兼，斗角钩心屋顶添。

婉约流灵新小巧，崎岖勒趣大清廉。

身堪雪色浑然画，面对繁容独具签。

莫出微词无碧水，边疆亦可掬幽恬。

【注】"徽式商业步行街"即2016年竣工的呼图壁曙光商业旅游步行街，为徽式建筑风格。

呼图壁县老年活动中心落成

人生谁不近黄昏，在位精心铸巨门。

车毂辚辚驰大道，楼基稳稳傍新村。

蓝图点点成华厦，功德丝丝照子孙。

试问休闲何处去，巍峨广宇可销魂！

贺《呼图壁河水利志》付梓

决心下定做攀登，历尽艰辛辄掌灯。

半百风云收册底，数千山水仗书凭。

功名莫过烟尘袅，资料弥珍日月增。

耄耋人生成此事，是非功过立春冰！

【注】《呼图壁河水利志》，着手编纂于 2011 年 3 月，翌年秋付梓，是呼图壁河流域管理处建处 50 周年资料性书籍，主编张希九，执行主编刘树靖。

参加昌吉市、呼图壁县志书评审会有感

未曾修志事长编，握管残联坐半年。

史料纷繁还断续，时空久远且绵延。

陌生领域新摸索，娴熟功夫巧判研。

回首墨池多积淀，笔锋行处几分专？

【注】"志书"是笔者 2016 年为呼图壁县《残疾人事业志》编纂的部门志，是本县残联第一部残疾人事业志。

地震后电话问询感

强震新来乱动庐，一摇一晃出阁间。

有人记得呼图壁，温暖心头亲切如。

【注】2016 年 12 月 2 日 16 点 15 分，呼图壁县发生了 6.2 级地震。

呼图壁县第二届职工钓鱼比赛有感

一泓灵水醉渔翁，弃步乘车一路风。

林立鱼竿谁及第，只需入秤便为公。

呼图壁初品红薯叶

曾经何故闹饥荒，薯叶根茎作口粮。

鲜嫩妖娆今可爱，谁知全不是甘糖。

呼图壁县医院菊园清晨即景

其一

层层叠叠筑瑶台，点点枝枝次第开。

菊属数花香夏末，几人知悉已秋来？

其二

几树婆娑护玉台，傲霜花萼带羞开。

高低渐次迎曦煦，小恙诗翁病愈来。

其三

小径通幽曲绕台，参差绰约暗香开。

氍_{qú}毹_{shū}碧草凝新绿，疑是春深颠倒来。

其四

柳樾偷熹映级台，遴筛日影翠屏开。

暗香浮动花新丽，只惜无莺一并来。

其五

小煦匆匆上玉台，含娇嫩蕊傍人开。

特怀一笑如香麝，为迓诗翁得得来。

其六

习习晨风过柳台，婆娑轻曳玉姿开。

舒枝浸透心深处，不醉还如饮酒来。

忆江南·芳园即景

其一

泉如雾，旋转洒酥霏。叶透晨曦悬翡翠，花沾雨露映熹微，初蕊暗芳菲。

其二

悬绦柳，绰约似佳娥。紫燕剪修留婀娜，微风摇曳弄婆娑，旖旎去还拖。

【注】"芳园"即呼图壁县医院之花园（下同）。

摸鱼儿·芳园偶得

对熹微，夜空才撤，芳园初醒幽谧。亭台楼榭巍巍立，新见屋檐雕饰，呈古色。乍恐是，瑞龙飞动麒麟勒，久疑难释。聚几只灵禽，数声啼语，落在树梢隙。

婆娑里，杨柳丝悬翠碧，萋萋青草如织。菊花还在深深匿，透着几分羞涩，沾露浥。喜最喜，圊池次第层层级，朝阳渐煜。信纵有秋萧，傲霜筋骨，总把暗香袭。

教师
贺呼图壁县第一小学 100 周年校庆

其一

解惑灵魂费力艰，粉尘掸尽未曾官。
喧嚣振铎成鸦雀，消灭文盲天地宽。

— 13 —

其二

朝朝振铎续平凡，三尺讲台举国监。

褒奖不求图社稷，十年学子树征帆。

西江月·一小门前立足

唯恐风吹雨打，还嫌待遇低低。穿衣吃饭待扶持，件件操心细致。

索取无穷无尽，何堪重任承继？温床苗壮再称奇，莫过堂皇富丽。

【注】"一小"即呼图壁县第一小学，建于 1912 年。

题呼图壁青少年活动中心

出圣摇篮小小楼，旁门左道一边休。

行行都是精华所，点点童心莫废流！

【注】呼图壁青少年活动中心在第一中学旁边，为青少年活动场所。

题文化馆意象画

鸿雁长征自此飞，小桥流水汕鱼肥。

扁舟一叶摇风月，更有青山拥翠微。

【注】文化馆是呼图壁县的文化部门之一。

题农村信用社

其一

自古铜钱号孔方，谁曾服务到农桑？

如今积蓄星星贝，投入田畴获稻粱。

其二

耕耘黑汗落丝丝，浸润田苗岁岁持。

播种钱源何处觅，农信银行可供资。

【注】农村信用社是呼图壁县金融机构之一。

题中医张氏诊所

世态炎凉未足奇，门前冷落马蹄稀。

户枢若是生虫蠹，废弃医书不畏讥。

【注】张氏诊所为张宗栋先生所设。张宗栋：男，山东滕州人，退休前系呼图壁县医院中医，擅书法，新疆维吾尔自治区书法家协会会员，笔者友人。

题王宏中先生《清明上河图》剪纸画

一轴丹青出匠心，画屏新塑古风沉。

宋朝巨擘描民俗，今世刀锋剪纸金。

蹊径漫漫修正道，奇思妙妙立琼林。

蔡伦不料聪明后，边角余材艺术深。

【注】王宏中：男，呼图壁县职业高中办公室原主任，呼图壁诗词学会原会员，擅长剪纸。

为马女史晓燕画题诗

敢向山头顶上红，枝枝绽放笑春风。

严寒奈我暗香动，筋骨何曾虾背弓。

【注】马晓燕：女，回族，笔者友人，呼图壁县第五中学教师。

卜算子·题马女史晓燕《花开一院清》画

梅色上枝头，立定依依鸟。拟欲寒冬啄暗香，往复轻轻跳。

苦恨喙无锋，不得妖娆妙。只待春风再度时，摘取三分俏。

题"锦上花"美容店

不著人间卓荦花，更从佳粉出云霞。

相逢若问谁经手，指点街东锦上花。

【注】"锦上花"是呼图壁县城内美容店。

公园即景

柳缕荡春开，熹微送燕来。

涟漪嘬玉色，金鲤泳池隈。

【注】"公园"是指呼图壁县城区内的公园，1983年建成，面积265.5亩。

呼图壁世纪园

曲径通幽夹碧柔，金瓯指点数风流。

丝绸古道妆新邑，喟叹前人不肯留。

【注】"世纪园"为呼图壁县城内的一处人文景观，国家 4A 级旅游景区，2003 年至 2007 年分三期完成。

游世纪园

其一

拱桥横跨碧溪流，翠盖婆娑笼谧幽。

杨柳不曾掩古色，密林深处露茶楼。

其二

翠盖浓浓樾蔽天，湖光水色更婵娟。

氍毹簇拥婆娑柳，绝妙心情可忘年。

暮春世纪园即景

满园新色趁春潮，一簇猩红似火烧。

倏忽林檎花茂盛，深疑残雪未曾消。

孟夏游呼图壁世纪园

一丛花簇锦团红，烈焰如烧灼老翁。
前日寻芳香尚浅，只因还是欠东风。

赏世纪园荷花池之荷花

亭亭玉立一枝荷，撑起灵魂映碧波。
出自污泥心不秽，妖娆妩媚弄婆娑。

晚秋游世纪园

满目枝头锦缎红，昏花眼里一园枫。
频频拍打知秋客，嗔怪寒天彻骨风。

世纪园冬日即景·滑冰

曲绕回环去，腾挪各有姿。
冰刀留一线，雪板印双丝。
角逐青春气，翻飞飒爽时。
年龄能倒退，看我老夫肢。

呼图壁世纪园即景

城南锦饰又新磨，一绝边陲绮丽罗。

千字名文铭韵足，百家姓氏蕴含多。

振心厚重晨钟古，举月清香夜<ruby>茑<rt>dì</rt></ruby><ruby>酡<rt>tuó</rt></ruby>。

拾取青茵幽谧绿，前人喟叹已蹉跎。

晨游世纪园

其一

绿满山坡水满苔，马莲紫色送情怀。

啼鸣鸟语添幽静，走走停停驻足槐。

其二

日日湖旁走一遭，贪看垂柳碧丝绦。

晴和透露浮云白，点点天边燕子高。

【注】"马莲"是过去呼图壁县路边、阡陌常见的一种草本植物，春天开紫花，近年已不常见。

夜过世纪园

其一

幽幽小径远伸深，绰约霓虹透密林。

执手双双无数侣，小桥过去耐人寻。

其二

暮色沉沉天幕低，彩灯烁烁出虹霓。

星光璀璨我行走，疑是银河漏小溪。

过世纪园

其一

徐行一路执狐疑，何故欢腾在此时？

春闹人间浑不觉，举头艳丽缀干枝。

其二

一番堆积雪霜肥，淡霭芬芳花有绯。

谁说轻岚山涧发，此中迷雾绕霏霏。

登山问水鸟瞰

俯瞰清流北向驱，穿杨过柳汇莺呼。

葱茏不识春天价，留待熏风仔细估。

【注】"登山问水"是呼图壁世纪园的一个小景点。

过童戏龙潭

龙生九子各神通，皆有才华便不同。

可惜如今天下事，纵然狴犴也难公！

【注】"童戏龙潭"是呼图壁世纪园的一个小景点。

对弈雕塑

方枰博弈趣绵绵，老叟低估小子贤。

一招无计能破解，祖孙同乐竟忘年。

【注】"对弈雕塑"，为呼图壁世纪园的一个小景点。

闽昌楼

绿荫浓深露角楼，忽明忽暗静幽幽。

斑斓隐约长相望，费猜谁可识君侯？

【注】"闽昌楼"为呼图壁世纪园内的一处仿古建筑。

过翠湖

五月波澜点点金，桃花谢尽子藏阴。

徘徊多少城南事，想见绯红色正深。

【注】"翠湖"呼图壁为世纪园的小景点之一。

西江月·荷花池

濯濯青青菡萏，摇摇曳曳芙蕖。满湖擎翠尽流苏，布了一番思绪。

燕子柳边梳过，蜻蜓绿上相扶。几竿长钓构新图，又有江南情趣。

减字木兰花·元宵节与诗友世纪园观灯展

鱼身如雪，夜幕深深华烨烨。碧水波光，彰显威风万丈长。

游人如织，只有升平新解释。玉影穿梭，一袭流苏璀璨多。

渔歌子·过世纪园哲理门

看罢红尘问是非，浮沉宠辱已通窥。权如霭，利如灰，黄泉路上有谁随？

【注】"哲理门"为呼图壁县世纪园的小景点之一。

西江月·题冬日世纪园

惊悚满园如画，枝头尽是凇花。顿然疑问一生，雾霭不曾悬挂！

听惯莺歌燕舞，看多柳絮奇葩，风光惹眼笔端差，自叹管毫难下！

采桑子·世纪园采桑

飘飘柳絮无踪迹，几缕风斜，吹落杨花，初夏天长日日加。

拂丝新软桑枝细，点点枝杈，粒粒生芽，五月甜轻欠一些。

浣溪沙·过世纪园小区

小院浓荫架下凉，喧嚣闹市枕黄粱。桃源不比我悠长。

门对庭池青草绿，窗含园圃野花香。幽幽曲径好徜徉。

更漏子·晨过世纪园

绿茵肥，龙爪密，点缀庭园青碧。金淡淡，玉纷纷，树枝堆满银。

绯红处，林檎雾，缭绕轻烟欲雨。一簇簇，一丛丛，株株香正浓。

【注】"龙爪"为柳树的一种。

呼图壁如意生态园

人人四处觅西施，踏破铁鞋喟叹迟。

莫道范蠡携去远，呼城边上露英姿。

【注】"如意生态园""生态宜居园"简称"生态园"，即2013年10月竣工的呼图壁县东风大街西端的呼图壁河东岸生态园。南起312国道，北至茇茇坝，全长7.7千米，总规划面积9.25平方千米，约925公顷，13875亩。

初游呼图壁生态宜居园

傍水何须问范蠡，西河烟月映将齐。

春风一到呼图壁，焕发生机突破堤。

晚登呼图壁如意生态公园云桥

拾级登临步步高，晚风吹拂听林涛。

粼粼秀水无穷碧，几处风华换堑壕。

生态园灯展

巍峨气势贯辉煌，一代清明属大唐。

梦筑繁荣成帝国，管弦呕哑慑扶桑。

生态园灯展之云桥

无雨彩霓横半空，又逢七夕却桥通。

只因眼拙难甄别，惹得贤妻怪老翁。

【注】"云桥"为呼图壁生态园的一座拱桥（下同）。

南乡子·生态园灯会

璀璨暗银河，菡萏清香弱弱过。丝竹柔音如锦缎，如歌，褶皱层层拂夜波。

【注】"灯会"为呼图壁县政府于2016年夏斥资在生态园举办的大型宫灯展。

步蟾宫·二月二与诗友游生态园

幽幽小径回环曲，一带拱桥镶白玉。
水边廊榭看轻波，任由猎艳驰骋目。
参差远近沿河木，志满一身留待绿。
风华浸染艳阳天，秀色可餐香可掬。

鹧鸪天·孟春游生态园

密篦重重尽力寻，眼花频视遍丛林。枝头不见葱茏碧，湖底唯余沙碛金。

风习习，水吟吟，衣裳约略土尘侵。几茎荠菜新颜色，呼唤青春似嫩针。

凤栖梧·生态园"唐朝华章"灯展赋

谁误老翁新判断，不是唐朝，混入唐朝半。呕哑管弦充耳畔，八方朝拜驼蹄乱。

璀璨辉煌修夜宴，栩栩如生，捉箸拈佳馔。锦瑟华灯金灿灿，淡将熠熠银河汉。

【注】"唐朝华章"是呼图壁县政府于2016年夏斥资在生态园举办的大型宫灯展会中的主体灯展。

沁园春·如意生态园

傍水新城，磅礴工程，已负盛名！看呼河婉转，蜿蜒白练；莲池妖冶，翠碧青茎。婀娜云桥，回环曲槛，一似芙蓉出水灵。辉煌下，把缤纷熠熠，洒满廊亭。

黄莺呖呖嘤嘤，在杨柳丛中正视听。更仙音韶乐，如丝如缕；氍毹草甸，步步繁英。璀璨晨曦，光芒夕阳，烈焰池中煮沸腾。曾经地，是野滩沙碛，寸草难生。

冬日与诸诗家游生态园荷池

尝缘鱼喋喋青菱，泛起涟漪四五层。
池底眼前垂滴沥，荷茎空举立残冰。

上云桥

寒腿登桥心自轻，只缘高处别含情。

身低难见春踪迹，欲到云空听一声。

题呼图壁河

呼河北去小温柔。季节滔滔不载舟。

灌溉农田营渔牧，氍毹一碧万千畴。

【注】呼图壁河旧称"呼图克拜河"。据《呼图壁县志》记载：集水面积为 1840 平方千米，由南向北贯穿县境。其正源发源于天山主脊的喀拉乌成山及天格尔山，由南向北流经高山区、中山区、低山区。主河道全长 200 多千米，为常年性河流。出山进入平原区至县城北芨芨坝后，由人工分为东、西两河，东河注入小海子，西河注入大海子。

西江月·题呼图壁河

来自深山峡谷，蕴藏莲洁松道，当中做了几多揉，荡涤污泥杂垢。

大半依偎贴己，徐徐缓缓娇柔。偶然怒气不能休，一改平时俊秀。

呼河即景

不是谦虚说瘦肠，只因才尽已难章。

眼前绝色无佳句，且看鸣禽入苇塘。

呼河极目

晚照河中映彩纹，斜阳斑驳透残曛。
双双燕子平波掠，欲剪湖中一片云。

垂钓（一）

其一

蜻蜓戏水受惊鱼，凌乱粼粼一锦如。
扰动涟漪修寂静，垂纶老叟得诗余。

其二

为鱼而计继而渔，涸泽穷途岂止愚？
眼见生灵成剧痛，平衡失去有谁嘘？

呼河夕钓

夕阳西下钓呼河，水面涟漪褶皱波。
山影不清风弄碎，扬竿休计获鱼多。

垂钓呼河

铁毂长驱四处渔，水源涸泽已无初。
电瓶撒网复施药，经得天天几起梳？

呼河垂钓

羊蹄碎印乱长堤，或饮清流过小溪。

岸有葱茏连远绿，老夫垂钓倚河西。

小塘晨钓

晴岚袅袅映平湖，作祟涟漪是跳鱼。

抛入金钩烟霭里，彩标出没有还无。

把钓

风拂起微波，抛竿入小河。

鱼儿频扰动，替我作吟哦。

一竿钓双鲤

把钓坐长堤，呼河映日西。

鲤鱼双尾至，缄信寄谁撕？

钓绝

泓粼潋滟费谋图，钓遍溪湖未见鱼。

最忆当年逢水有，而今何故不如初？

垂钓遁鱼

四面葱茏入水塘，凭湖一鉴把竿长。

金鳞窃笑纶丝短，竟做摇头摆尾郎。

钓意情怀

青蛙闹水夕阳斜，钓罢春晖钓荻花。

一线轻抛非在有，半图桑梓半图家。

钓蟹

力举双螯貌似凶，横行霸道急先锋。

一朝变作盘中馔，从此无缘面见龙。

【注】螃蟹是呼图壁县最近几年引进的水产生物之一。这里的钓蟹之地在小海子一带。

垂钓（二）

其一

长夏风微翠柳斜，一溪清水半溪花。

彩标矗立芦根侧，尽是渔翁钓早霞。

其二

把钓长渠乱草沟，与鱼搏击斗风流。

金鳞尾尾凌波出，带起光辉入网兜。

其三

云外山边落日圆，青蛙鼓噪闹晴天。

一竿收获无穷乐，尽享空闲学少年。

其四

把钓清闲学少年，暮龄难补九重天。

临渊旧事全忘却，灵感来时写月圆。

其五

蛙声一片闹春波，风拨丝弦鸟作和。

唱出蒹葭鲜嫩曲，衔泥燕子屡穿梭。

钓趣

不识渔翁垂钓趣，个中滋味岂能谙？

心如止水纳天地，更把浮沉作笑谈。

郊钓

野水无人下钓竿，老夫独自到溪边。

不谋渔获图清静，怕那喧嚣闹满天。

晨钓

数点渔舟棹玉波，几声欸乃伴清歌。

黎明渐散云衣丽，曙色初匀鸟语多。

树远湖边浮黛影，洲微水上拥青螺。

风光旖旎浑忘钓，沉醉粼间泳野鹅。

呼河夕钓

河宽水急鲫鱼肥，燕贴波涛仄仄飞。

苇丛将掩羊倌顶，牧鞭赶得夕阳归。

小海子日暮即景

夕阳辉映一天西，纵目驰骋看绿畦。

牧笛悠悠牛和曲，芦丛深处鹧鸪啼。

【注】"小海子"位于呼图壁县以北呼芳公路22千米处水库，集养殖、灌溉于一身。在呼图壁境内，归农六师管辖。

之小海子过稻田

稻秧青翠立田齐，行列如军傍小溪。

有道盘餐皆雪白，来之今日满畴畦。

小海子堤外垂钓遇风

狂涛裂岸示风情，险势无疑魂魄惊。
堤外渔翁宜作钓，钩尖得失已磨平。

小海子垂钓夕归即景

翠屏深处闹田鸡，鼓出秧苗田埂低。
一片氍毹油绿绿，梦中情景作诗题。

【注】"田鸡"为青蛙的俗称。

鹊桥仙·晚春小海子即景

蛙声数点，蝉音几处，春暮鹧鸪柳坞。嫩秧生霭碧初沾，雨幕里，烟烟雾雾。

斜阳照水，晚霞栖树，燕子低飞带侣。牧童吹笛牧耕牛，管短短，横横竖竖。

蝶恋花·草丛垂钓

芦苇深深宜执短，头上熏风，带得南来暖。瑟瑟无穷枝叶软，稍稍妨碍抛钩远。

日照凌空撑起伞，遮了骄阳，两耳蚊虫唤。间隔扬竿空扼腕，虚情使我频长叹。

水调歌头·垂钓

捭阖钓鱼事，融入自然情。淡然渔猎多少，悲喜不心惊。映影流云似雾，落日金粼无数，洗目有青萍。但得风宁静，侧耳听鸥鸣。

沉浮势，屏呼吸，任狂腾。长竿掣肘，横突高下放收行。满腹轻歌妙曼，绝胜佳肴美馔，境界是天庭。尾尾琼瑶玉，泼泼瑟琴笙。

小海子晚眺

西山斜照浸湖中，收桨渔船沐晚风。
白鹭浅滩留倩影，微澜已被夕阳红。

小海子早春垂钓

莫道边陲晚绿茵，风和日丽正宜人。
天高一絮绝无影，鹭鸶鸥鸣闹早春。

小海子池荷

小风微漾满池波，绿盖新擎翠碧多。
红粉妖娆初露色，蜻蜓轻点一枝荷。

小海子稻田即景

淡黄初夹立肥泥，穗穗丰盈俯首低。

遥看顶平如碧毯，是谁修剪一般齐？

小海子湖景图

尽纳天空不一余，有风起浪歇风图。

行舟击楫声辽阔，收网频频活泼鱼。

湖上即景

闲上矶边看水芹，垂纶抛却养斯文。

晴柔放眼玉粣碎，草乱收竿金鲤勤。

晓散渔桡^{ráo}犁潋滟，日高凫鸭镜波耘。

天山雪色银光入，直扑平湖戏白云。

【注】"湖上"指呼图壁小海子水库（下同）。

蝶恋花·湖上即景

落日余晖生潋滟，归鸟重重，波上纷纷闪。画
罢虚弧鱼怕险，争相惊向蒹葭掩。

风过轻轻苍色敛，晚照如烧，霞似腾腾焰。白
鹭以为烧相淡，将身置入云中嵌。

小海子晚钓

久坐湖滨一望平，徐徐落日浸铜钲。

游鱼觅食频犁镜，鸥鸟争巢屡用兵。

三两彤云过白鹭，万千芦叶藏苇莺。

蒹葭根侧抛钩处，正是当年碧水清。

渔歌子·小海子送目

芦苇苍苍白鹭停，一身酥影立娉婷。苍翠盛，碧波盈，钓竿轻入怕虚惊。

减字木兰花·小海子稻田即景

平畴漠漠，如霭青烟堆紫陌。风力无招，任便狂吹难散飘。

嫩黄夹翠，叶下躲藏丰稔穗。一碧氍毹，新谢禾花香尚余。

鹧鸪天·暮春小海子垂钓遇雨即目

雨打平湖似跳珠，炊烟困柳景如图。晚春乳燕争飞仄，近暮游鱼闹钓蛆。

青荻嫩，白鹅雏，流莺树上读音符。牧牛童子行南岸，笑问渔翁收获无。

大海子观荷

分得仙庭一缕辉，无人不去赏芳菲。

徘徊妖冶池边久，双颊依稀带淡绯。

【注】"大海子"即大海子水库。"海子"是当地人对湖、水库的俗称，前面冠以"大"以区别于其上游的"小海子"。大海子位于呼图壁县城以北约 30 千米处，最大蓄水库容 4000 万立方米，具有防洪、灌溉、养殖等综合作用。建成于 1962 年。

游大海子

玉波荡漾碧连湖，野鸭群梢尾小凫。

白鹭矶边梳白羽，蓝天水里洗蓝襦。

蒹葭沿岸手休摘，菡萏盈池舟楫虞。

堪脍野炊垂钓获，黄昏一抹晒新图。

咏大海子荷花

久慕妖娆翠叶荷，神仙着我醉如魔。

直茎通窍虚心士，长柄擎天窈窕娥。

节节出泥堪击筑，莲莲凝艳尚吟哦。

女姬粉袜香犹在，过却微风漾碧波。

夜钓湖滨

月有清辉抹碧波，冰轮落水一银螺。

夜风吹得涟漪细，满眼粼粼碎玉多。

【注】"湖滨"在这里指呼图壁种牛场6号水库（下同）。

转应曲·夏日水滨

孤鹜，孤鹜，趁着夕阳归去。渠中管管蒹葭，
天边朵朵落霞。霞落，霞落，旖旎风光绰约。

临江仙·湖滨晚眺

野鹜汀边频点喙，一泓碧水金粼。遥山远树映
湖滨。晚霞明丽，燕子最殷勤。

银镜未磨鱼跃破，微风弄起波纹。钓翁身影隐
黄昏。渔舟歇桨，缥缈有氤氲。

种牛场水库秋钓即景

马饮欢咻鱼跃波，蒹葭深处苇莺歌。

隔湖听得鸣音啭，尽扫闲愁小作哦。

过种牛场农三队即目

宿麦青葱三两寸，苍茫遍地皆枯黄。

柳绦千缕竞垂下，梳理田畴万里长。

【注】"种牛场"是新疆维吾尔自治区畜牧厅驻呼图壁县单位。

向呼图壁南山途中

进山如入广寒宫，山外颓然山内丰。

绝巘隔开秦晋事，桃源洞启迓诗翁。
（巘 yǎn）

题呼图壁后山骆驼

雄蹄矫健出西关，数座驼峰载满艰。

敢为张骞驮圣旨，踌躇满志下天山。

草原即目

芦叶清香散飘延，蒌蒌遍野插田边。

羊羔乳罢扬蹄去，混入云团化作天。

【注】"草原"在这里指呼图壁县南山牧区。

呼图壁百里丹霞

取道蜿蜒约友行，雄奇不看看峥嵘。

蓬莱也逊三分势，百里丹霞第一情。

【注】"百里丹霞"位于呼图壁县南山，是县城的旅游景观带之一。

呼图壁猴头山

一自西天去取经，功成正果又忘形。

若非不是唐僧弃，何故山中受此刑？

【注】猴头山位于呼图壁县南山腹地。

雀尔沟采访途中即景

春麦橙黄与草高，油油碧绿夹风骚。

氍毹铺就山坡锦，微风过处起波涛。

登山

飞矗苍鹰与我齐，登山双脚自成梯。

回头一顾来时处，点点毡房傍小溪。

【注】所登之山位于呼图壁县南山雀尔沟白桦林附近。

登临

结伴同心炼脚筋，晨曦发轫避蒸熏。

山高绝顶宜观景，水远潺湲好著文。

枝似人情留过客，雾如仙意作行云。

归时缺乏登临劲，看罢风光尽失勤。

【注】此指登呼图壁县雀尔沟镇之前山。

参观呼图壁石门水库施工工地

拦截清溪拟作湖，填沟勇士画宏图。

高岩石峡天然岸，绝壁长堤地设躯。

灌溉农田兼发电，维持生态又游娱。

明年再看曾经地，便忆今朝在水都。

【注】石门水库于1976年9月1日开工，由呼图壁县石门子水库指挥部抽调受益单位进行长年施工，1980年底缓建，2007年重新启动修建工程，2013年建成，库容7751万立方米。

呼图壁农村所见

林立琼楼遍地如，不疑农户入新居。

耕耘本是乡村事，满耳商人卖菜蔬。

蝶恋花·村边即景

一片夕阳辉正耀，堤上行人，脚下丛丛草。脱去额头流汗帽，蛙声断续田间闹。

碧水池塘莲叶好，欲折团荷，敛起遮斜照，对岸渔翁摇手笑，绯红脸颊桃花貌。

【注】"村边"即呼图壁县园户村镇十三户一带（本辑中的"村"除特别注明外，都是指这一带）。

农家今日写生

其一

人人夜夜梦豪奢，戴月披星遍着麻。

坯土筑墙房矮小，灯油照亮眼昏花。

棕绳日日测深井，碌碡^{liù zhóu}年年碾麦渣。

票证寒酸穷购物，出门双脚代行车。

其二

赋税捐徭已尽除，经商头脑废存储。

户换层层新楼宇，管替条条漫灌渠。

夏日田畴齐稻麦，冬天棚膜种娇蔬。

荧屏网络学科技，又续当年物理书。

小住农家

狗吠生人进小村，行商穿巷过新门。

农民尽事粮棉地，无空荆园治菜豚。

和庄村小住即景

小村面貌费咨嗟，户户门前泊轿车。

漫忆当年泥土道，何谈楼宇树林遮？

【注】"和庄"是呼图壁县园户村镇行政村组之一，位于县城南郊，2016年易名为"南地村"。

过和庄良田又建企业有感

平畴麦浪小风斜，抓住商机灌注砂。

句句箴规言惜地，孙从史籍读犁铧。

过马场湖葵花地

叶阔茎高结实秋，花盘青萼托风流。

祖先赋予朝阳质，不逐光明誓不休。

【注】"马场湖"是呼图壁县园户村镇行政村之一。

西江月·马场湖即景

不墨晚霞天上，欲圆明月空中。噪巢家雀乱哄哄，跳跃叶间枝缝。

淡淡暮烟轻袅，辚辚农辐相从。一厢金黍一厢菘，又载白棉高耸。

【注】"金黍"，玉米；"菘"，白菜。

芨芨坝深秋垂钓

一林金色掩危楼，疏密丛中理钓钩。

落叶满池图墨彩，斑斓^{yǎn}鬐画小潭收。

【注】芨芨坝是呼图壁河分水闸所在地，呼图壁河在此处分流为东河、西河。

过大草滩金叶榆苗圃

入夏缃黄远看嘉，遥看碧绿夹咨嗟。

全无蛱蝶纷纷采，一似繁荣油菜花。

【注】"大草滩"为呼图壁县园户村镇自然村地名。

十三户

门对苍烟户对岚，依稀村舍画屏簪。

燕飞边做呢喃叙，争道吾居胜岭南。

【注】"十三户"为呼图壁县园户村镇行政村之一。

深秋过十三户村

隐隐村庄缀树头，穿梭车辆似潮流。

棉田浩瀚连阡陌，人在橙黄碧画留。

十三户垂钓即景其一

芦丛深处听啼鸣，六月熏风裹脆声。

起伏连绵曾耳熟，江南二月柳闻莺。

十三户初冬即目

枯杨败柳去残青，鞋印浓霜足有形。

苦豆荚无茎兀兀，红柽穗了叶零零。

过风芦苇焦黄重，流水河床苔绿泠。

稼穑归仓余旷野，稀疏鸟影几生灵。

十三户垂钓即景其二

远山如笏淡烟蒸，一派葱茏润眼能。

阡陌有痕遭绿隐，平湖无浪被鱼兴。

遥遥风物家乡近，袅袅村岚仙境凭。

轻抚稻秧新秀出，潇湘滋味又奔腾。

渔歌子·乙未年十三户垂钓

绿野葱茏映蔚蓝，一溪流水自晴岚。蛙鼓噪，燕呢喃，身居西域似江南。

相思引·重阳日，十三户垂钓

燕梁空，秋雨袭，堤上蒹葭凋碧。无数菖蒲疏与密，流水寒凉急。

篱菊不因霜逼仄，还是那番心质。任凭星辰流转疾，收获谁曾得？

临江仙·十三户春日垂钓

日丽晴和风正好，阳春云絮轻舒。收来景致入诗书，杏花才著蕊，桃粉写红酥。

愁色暂时驱逐尽，枝枝杨柳新符。鹅黄嫩里有莺呼。闹人闲不得，郊外钓溪渠。

西江月·由十三户至大泉即景

苍耳车前苦豆，胡杨柽柳青椒。蒹葭滴翠最招摇，阡陌纵横蒿草。

玉米西瓜小麦，海棠杏子葡萄。曾经沼泽已遥

遥，多了几声蛙噪。

【注】苍耳、车前、苦豆均为药用植物；胡杨、海棠为呼图壁县比较常见的亚乔木；柽柳为呼图壁县常见的灌木，戈为壁、湿地都有生长。

行香子·十月过十三户

到了金秋，醉了神州，徜徉处满眼丰收。飞南雁阵，别北沙鸥。报粮如山，棉如岭，果如丘。

人浮喜色，马引欢咻。拆茅庐盖起新楼。村边树盛，水里鱼游。听青年歌，老年笑，壮年谋。

呼图壁小泉垂钓

玉笏天山影射湖，平流如墨晚风扶。

游鱼也是丹青手，跳出波纹活画图。

【注】"小泉"为呼图壁县五工台镇行政村之一。

端阳节前三日过西树窝子至大泉即景

执碧长杨挺拔稠，通衢樾翳透阴柔。

几丝沙枣芬芳过，世外桃源也应羞。

【注】"西树窝""大泉"皆为呼图壁县五工台镇行政村。

大泉垂钓即目

休闲图钓小池中，燕子携刀剪半空。

修得浮云竟妖娆，诗家误认夕阳红。

大泉垂钓即景

长夏田园覆碧纱，康庄乡道过豪车。

喧嚣间隙邻鸡唱，更有行商唤卖瓜。

【注】"大泉"为呼图壁县五工台镇行政村之一，因泉而得名。

羡慕大泉人

听惯蛙鸣鸟雀呼，肥鱼日暮跃平湖。

炊烟袅袅飘村外，家占蓬莱阁一隅。

大泉泉眼垂钓

丛丛芦苇锁圆池，落叶飘零散乱之。

闻道曾经鱼富足，垂纶眼下影迷离。

青苔摆尾知泉缓，碧草摇尖探水移。

向北潺湲流几许，小风吹过起涟漪。

【注】"大泉泉眼"位于五工台镇以北7千米处的农田中间，约有200多平方米。"大泉"由它得名，据说早先泉内有大量鱼类，但目前只有少量鲫鱼。

捣练子·大泉夏日即景

蛙鼓噪，燕呢喃，千里平畴碧玉簪。绿柳婆娑

娇媚态，柳绦投水影毵毵。
sān

苏幕遮·暮春大泉人家做客

屋边桥，堤畔柳，阡陌青青，几个垂纶叟。牧

犊骑牛童子有，笛色飘扬，已把池吹皱。

菜花稀，桃蕊瘦，树树枇杷，香色随风透。园

内竿尖悬豆蔻，蹀蔓绵延，攀着篱笆走。
dié

青玉案·大泉之泉

蒹葭俯首清流浒，影绰绰，翩翩舞。抖落晨曦

将滴露，腰肢舒展，芦花堆雾，换了婷婷妩。

鱼儿野鸭游无数，苔藓丝丝引鸥鹭。潋滟晴光

风做处，蛙鸣阵阵，呢喃句句，胜却桃花坞。

晚秋暮小泉敛钓即景

阡陌苍穹落照红，垂杨<ruby>郸<rt>duǒ</rt></ruby>柳宛如枫。

寒氤袅袅笼田野，薄暮冥冥送断鸿。

垄上耕夫收喜悦，溪边钓叟获玲珑。

乡音曲味浓秦韵，但哨圆唇是牧翁。

西江月·驻足呼图壁五工台烽火台有感

千载丝绸古道，一尊烽火高台。寒来暑往与兴衰，看尽人间世界。

俯仰何曾得足，徜徉不必扶腮。眼前风物与时谐，迢递边陲风采。

减字木兰花·过呼图壁北外环西大桥抵五工台

雕栏玉砌，镂出十分潇洒气。桥下湍流，烈马奔腾不可收。

长虹一卧，两岸风光星汉做。城郭农庄，同样相宜绝短长。

【注】北外环是呼图壁县城扩建以后修通的主要过境干道；西大桥是连接北外环的主要桥梁，桥长约300米，2016年通车。

大丰苗木基地

经纬纵横交错过，人车往复恰如梭。

张开大网罗富裕，林荫深深好放歌。

【注】"大丰"是呼图壁县乡镇之一。

采风大丰镇有感

蓝图勾勒已形成，万亩苗田可纵横。

致富常开新路径，秉持低碳务农耕。

参观大丰镇富民安居工程

曾慕陶潜忘晋秦，桃花源里尽怡人。

大丰看罢才长叹，窃笑渔翁乱问津。

大丰镇联丰村现代农民

当年人众搏天公，背负穹庐月出东。

如今操纵浇千亩，尽由科技显奇功。

红山水库岸西晚景图

平湖如镜未经磨，山映残阳折入波。

无序晚风生潋滟，鲤鱼跃水溅圆涡。

【注】"红山"亦称"红莲山"，位于呼图壁县大土古里南 15 千米，因山体呈红色，故而得名。山势陡峭，植被稀少，海拔 940 米。山脚建有水库，即红山水库。

红山水库垂钓

又钓红山水，回头越十年。

渔翁仍旧是，生物未新延。

白发添双鬓，清波减一渊。

常叹稀润泽，渐渐绝灵泉。

【注】红山水库于 1970 年 11 月开工，1972 年 6 月建成，设计库容 2000 万立方米，实际库容 1300 万立方米。

二十里店氧吧

置身深绿似宫闱，蔽日遮天氧正肥。

树罅几丝金缕透，耳边无数鸟虫飞。

清新遣尽忧愁去，小径排空邋遢归。

腻味尘嚣喧闹气，纯然低碳地标徽。

【注】"二十里店"为呼图壁县乡镇之一。"氧吧"为当代流行语，即富氧之地。

访呼图壁看守所

红尘谁不结柔肠，蹈矩循规德莫丧。

倘若人人都慎独，寰球何必设高墙？

芳草湖广场

几分辽阔几分青，独步坪场似大厅。

谁把名声扬四海，如今唯剩一空灵。

【注】芳草湖位于呼图壁县以北 48 千米处，为国有农场垦区，原名"镇番户""正繁户"，1952 年易为此名。

深秋过 105 团路见

万千姿态各不同，老绿橙黄夹杂红。

一片芦花头顶白，果林深处有人躬。

【注】105 团为兵团农六师团场之一，在呼图壁县地界。"红"指时下辣椒红了。

芳草湖

其一

闻名遐迩是西瓜，草际茫茫隐兔蛇。

苦豆蒿深能绊马，白杨身伟可攀霞。

雨来双脚滩涂蹋，风过一身裤管沙。

谁赐雅名言不实，荒凉尽睹自长嗟。

其二

喟叹苍天力不奢，人穷激惹誓谋纱。

开渠成就涓涓水，破土耕耘漠漠沙。

麦浪滔滔收放眼，棉山耸耸纵横霞。

蛙声噪得鱼塘乱，敢让江南景色差。

牧民

逐草而居游牧民，风霜雨雪恣逶巡。

清清碧水毡房寨，育得牛羊质地纯。

【注】"牧民"指本地的哈萨克族，呼图壁县是全新疆哈萨克族主要居住地之一。

呼县骄子达吾力江参加首届"中国成语大会"

舞台虽小任纵横，力战群雄险象生。

谁信语言添障碍，娇花一朵世人惊。

【注】达吾力江：哈萨克族，呼图壁县雀尔沟镇人，2014年参加第一届"中国成语大会"。

绣娘木孜拉·努依坦

艰难起步数年筹，跌宕千回志未休。

执意宜将民族技，传承艺术越神州。

【注】木孜拉·努依坦：女，哈萨克族，呼图壁石梯子乡沙木哈尔民族手工艺术品农民专业合作社社长。该合作社主要从事哈萨克族手工艺刺绣，其艺术品已经打入蒙古、哈萨克斯坦等国，深受欢迎。

哈萨克族牧民

倚将山势建穹隆，逐绿才能牛马丰。

牧笛声中青草嫩，夕阳斜处白云红。

氈毺一碧铺时序，鞍辔新停扎帐宫。

世代游离行马背，奶茶滋润脸如铜。

哈萨克族

暮笳声色出穹庐，追逐巴郎是念奴。

远避喧嚣堪放牧，纵情山水饮屠苏。

那仁香里炊烟淡，马乳醇中骨肉酥。

阿肯琴弦弹唱处，载歌载舞载欢呼。

【注】"追逐巴郎是念奴"即哈萨克族传统的体育项目之一"姑娘追"。此外"念奴"代指姑娘，"巴郎"是维吾尔族、哈萨克族对年轻小伙子的昵称。"那仁"是哈萨克族的品牌食品；"马乳"俗称"马奶子"，是哈萨克族的名贵饮料。"阿肯弹唱"借指哈萨克族大型文艺表演。

石梯子乡首届牧草香旅游文化节即目

天山五月著银袍，风过氍毹遍地蒿。

沟浅黄花新景色，树稀远影旧时髦。

雕车宝马逐香气，笑脸歌声汇浪涛。

雷动如潮潮有汐，开心节日醉酕醄。

【注】"石梯子"为呼图壁县哈萨克自治乡，位于县城南部。

新疆曲子

一张芦席展将开，瓦子三弦列阵排。

庭院既能歌婉转，坪场亦可赋闲差。

农忙不误田畴事，节庆常邀旦角俳^{pái}。

多少舞台随地置，繁荣不懈赖吾侪^{chái}。

【注】"新疆曲子"是由陕西的眉户剧演变而来的地方剧种，也是新疆唯一的地方汉语剧种，它融合了多剧种元素，呼图壁县是主要流行地之一。瓦子、三弦是新疆曲子戏剧中的乐器。

题呼图壁暮春海棠

我去田园看海棠，不涂脂粉也馨香。

归来蝴蝶萦萦绕，身后频仍责俏郎。

【注】这里是指呼图壁县举办的海棠花节（下同）。

相见欢·写在呼图壁首届海棠花节闭幕

林檎谢了空空，太匆匆，嗔怪燕来修剪怨东风。
游人去，明年聚，再重逢。自是一番情致更
浓浓。

海棠春·游千亩海棠园

新晴携侣寻芳去，陌上过，粉红相聚。绰约有
人呼，一似烟和雾。

小花柔弱垂髻女，乍开萼，半含半露。嫩绿正
妖娆，躲在馨香处。

浣溪沙·呼图壁第二届海棠花节

前度刘郎今又来，城东风景久徘徊。去年花意
又安排。

满眼熙攘无旧客，一园绮丽胜裙钗。海棠时节
好抒怀。

赏呼图壁第二届海棠花节

春色妖娆三月天，海棠呼我到田园。
此期更比前期盛，如织游人不厌烦。

第二届海棠花节观红叶海棠

海棠花色梦中来，说与陶郎不敢猜。

空巷万人留一我，不如出去看红腮。

赴二十里店过烽火台赏第二届海棠花节

筑起烽台备边患，已忘何日熄狼烟。

南山放马昭康泰，东郭开花捧丽妍。

天上丹霞枝上染，梦中芳草亩中连。

踏青只为春光媚，绥靖笙箫处处弦。

【注】烽火台又名"土墩台"，当地人称之为"唐墩"。在呼图壁县境内有5个土墩台：位于干河子西（呼图壁县与玛纳斯县交界处）、县城北22.5千米处（现111团）和今看守所处的3个土墩台已毁；位于三十里墩（二十里店以东）和五工台处的土墩台尚存，土墩台长、宽均约4米，高约5米，筑台年代不详。

青玉案·呼图壁海棠花季

春天仙子穿红服，有妖冶，颜如玉。点点斑斑都可读。芳香轻袅，娇羞难束，绰约风姿足。

豪车络绎门前簇，争看新开海棠木。不计名声花下宿！徜徉如醉，盘桓钟毓，酒后吟花曲。

钗头凤·游呼图壁第三届海棠花节

城东有，催人走，半含苞蕾风中抖。红初托，花频数，乍开新蕊，抱些新萼，约，约，约！

春风又，香烟厚，满园鲜艳蜂勤凑。天辽阔，宜一脚，赏心明目，浅斟深酌，不须商榷，乐，乐，乐！

浣溪沙·大海子荷花

粉面芙蓉带艳开，天然雕饰是香腮。微风过处不须猜。

点点芳心含嫩蕊，蓬蓬莲子透襟怀。如何今日却才来？

采桑子·荷塘月色

风吹荷叶痕凝碧，缕缕清香，袅袅琴扬，抖擞层层起舞裳。

花云蕾雾轻纱梦，出水泥塘，不染污脏，朵朵妖娆别样妆。

【注】这里的荷塘是指小海子荷花池。

西江月·新疆首届乡村艺术节
暨呼图壁新疆曲子文化节开幕

锣鼓喧天震耳，人头攒动纷然。乡村曲子百年传，多少原因积淀。

演绎人间故事，扬帆时代航船。风云变幻续绵绵，代代不曾腰断。

【注】新疆首届乡村艺术节暨呼图壁新疆曲子文化节举行于2012年8月。

捣练子·农宅写生

青玉米，绿丝瓜，一垄葱茏几朵花。叶底匀匀藏籽实，徜徉蓊郁著轻纱。

【注】"农宅"指小土古里王华都宅邸。

过小土古里

田畴一片雪茫茫，不觉寒氛却射光。
去镜仍然须近看，原来白絮被棉霜。

【注】小土古里为二十里店行政村之一。清代诗人笔下的"图古里""土古里"等，则是指位于呼图壁县大丰镇的大土古里。以下的笔者友人农家"王府""三槐庄"所在地均在小土古里。

小土古里行

往日朝南听雁声，今朝暑近一车行。

先谈稚子缺修养，后叹童心欲似鲸。

农宅门前蔬富裕，丝瓜架上薓纵横。

清新扑面乡村息，敢与陶潜拜弟兄。

王府即景

放目田园不比台，青葱旖旎扑胸怀。

畦畦惬意招人慕，才有诗家接踵来。

【注】"王府"为笔者友人王华都在二十里店镇小土古里的住地（下同）。王华都，又名刘静，江苏人。

西江月·做客王吟丈华都府

豆荚辣椒葱蒜，番茄莱菔葡萄。田园景致耐人瞧，屋后房前新貌。

榆树棉花苜蓿，牛羊豕狗花猫。怡人恬静走遭遭，不让陶郎贻笑。

归田乐·小土古里农宅即目

一亩三分地，最碍眼，几多青翠。架上丝瓜坠。小花脸颊嫩，藤蔓攀比，可爱蜂来蝶飞翅。

门前栽玉米。绿叶下，葡萄悬豆似，串些玛瑙，大有遮天势。叹风韵绮丽，不能留滞，难做陶潜醉心士。

八声甘州·夜过呼图壁城镇

问曾经小镇欲何寻？蒿莱宿鸣禽，对丝绸古驿，边陲要塞，短叹长吟：戈壁风沙迷眼，炽日灼芦芩；雨雪泥巴路，浅浅深深。

璀璨华灯初上，似银河落照，熠熠浮金。是谁人赠秀，面貌换骎骎？想当年，马衔驴尾！望眼前，楼宇耸如林！霓虹里，那乡音道：大好光阴。

【注】余1992年10月20日曾填《八声甘州·游过呼图壁城镇夜》，发表于《昌吉报》。又10年过去，沧海桑田。暮秋重游此城，感慨万千，作此赋寄兴。

第二篇 边陲景致

新疆

天山横亘卧东西，缟素加冠树做衣。

阻隔寒流盆聚宝，和风暖煦柳依依。

【注】天山是新疆境内最大的山脉，"盆"是指塔里木盆地、准噶尔盆地、吐鲁番盆地。

晨望天山

晨风催旭日，一跃出天山。

涂抹青松翠，群峰别样颜。

遥望天山

其一

远看缥缈近轻移，各有千秋莫置疑。
不到晴和三万里，如何识得险峰奇？

其二

山为御案雪为笺，好画崔嵬绝世篇。
满眼雄浑书不得，讨将松笔写绵延。

望天山

久望天山山顶寒，峰巅从未透朱丹。
一从冷漠遮颜色，惹得凡人费力看。

天山

天山如剑插云霄，多少逶迤一样骄。
力敌朔风营湿润，常留紫燕改萧条。
雪冠常戴遮全貌，松色匀披破寂寥。
莫辩林涛些许事，掩将深邃起狂潮。

高铁由达坂城过天山

陡峭崔嵬势，凌空欲吓人。

绵延看拔萃，抵得一山春。

【注】新疆高铁约为 2014 年 6 月通车。

乘高铁

呼啸风驰电掣如，当年戈壁短途除。

张骞若遇而今世，拒绝驼峰摒弃驴。

第一次坐高铁

遥想当年出塞难，无穷无尽野荒滩。

隆冬白雪连山远，盛夏黄蒿入眼看。

寂寞长途晨叠暮，纷纭寥落苦和单。

如今一动风驰去，腹觉饥时异地餐。

沁园春·新疆高铁贯通

戈壁遥遥，丝路迢迢，百草不毛。仗驼峰衔辔，铃声阵阵；马蹄叠印，轫木条条。夏走黄沙，冬飞白雪，险阻艰难恶劣交。常兴叹，对茫茫沙漠，费尽长韶！

儿曹付出辛劳，要换取新颜改旧糟。架绵延铁轨，穿山越岭，征途浩瀚，入隧过桥。滚滚机车，隆隆电掣，内地边陲距一毫！俱往矣，望中华崛起，昌盛妖娆！

过乌奎高速公路

故郭西边一途径，朝阳旦夕过通衢。

曾闻前月宽畿计，慨叹当年蹇足劬^{qú}。

戈壁北坡成沃土，城关西市已宏图。

诗思尚在心头涌，却了行程困顿无。

【注】乌奎高速公路于 2000 年 11 月竣工，是连接乌鲁木齐与奎屯的交通主干道，是连霍高速公路的西段。"故郭"，2003 年 7 月间，中央决定将昌吉州部分市县纳入乌鲁木齐市，实现经济一体化。首联"朝"音"cháo"。"西市"指乌鲁木齐以西的城镇。

采桑子·塔里木公路贯通

沙荒浩瀚当年处，入者多殃，出者悲伤：此地无边死海洋。

而今不再望兴叹，入也安详，出也安详，滚滚车流日夜忙。

卜算子·游奇台江布拉克

放眼看逶迤，浩瀚如波涌。但觉天旋不见舟，只有牛羊动。

熟读晋人诗，听过仙人洞。可惜灵霄锦殿情，未被陶郎用。

西江月·出江布拉克至半截沟途中

点点斑斑山下，黄黄绿绿斑斓，锦屏一幅巨无边，人在画屏层面。

牛马无缰游弋，白云缥缈松间。羊群草地野花鲜，回首峰尖不见。

【注】半截沟为奇台县乡镇之一，是去江布拉克的必经之地。

虞美人·江布拉克栈道

青松掩映重重岭，草设浓浓景。峰回路转不曾休，别有一番天地在前头。

野花簇簇山坡缀，直到天边会。马牛餐翠鸟频呼，放眼层峦跌宕被氍毹。

水调歌头·老奇台

漫漫丝绸路，穿越老奇台。蜿蜒危耸山脉，绵亘雪皑皑。开垦河中波浪，铁底官方涝坝，碧水紧依偎。落日余晖下，天际晚霞开。

公和泉，三和涌，最疏财。顶头信字，商贸堂号不须猜。彰显农耕牛力，俭约持家勤绩。古训出雄才。不变民风朴，久住可濡怀。

【注】老奇台是奇台县行政乡镇之一，奇台县属昌吉州所辖。开垦河是老奇台的母亲河。"铁底官方涝坝"是"铁底涝坝"（或称"官涝坝"）的扩写。为了生存，当地人由官方拨款筑起一座铁底涝坝，为黄土、青盐、泥脱成的一尺见方的土块所砌成，并用铁铆钉固定底部，"铁底涝坝"由此得名。"公和泉""三和涌"，据《古镇风流·几家老字号》一文记载：公和泉、协和泉、三和涌、万泉涌是老奇台自光绪十五年（1889年）至1956年四大家的商号。"农耕牛力"意为"牛王宫"。

上江布拉克

春满葱茏秋满禾，遥看麦子布山坡。

天然雨露滋农稼，世外桃源谁不哦？

【注】江布拉克为奇台县境内著名景区。

重访江布拉克

一畦小麦一畦瓜，相间青黄颜色差。

向日行程山上去，满畴挺立是葵花。

【注】因呼图壁县在奇台县以西，故曰"向日"。

麻梁沟眺望

满眼山坡小麦齐，阴天无日辨东西。

松林簇簇苍苍缀，远处青山级级梯。

【注】麻梁沟是去奇台县江布拉克的必经之地。

奇台县怪坡

上山容易下山难，古训缘何改始端？

貌似沿坡斜去水，原来竟是逆流澜。

【注】"怪坡"在去江布拉克的途中，长40米至60米。

江布拉克栈道

青山草地一重重，翠柏苍松绿更浓。

坡陡试吾精力度，妖娆还在那山峰。

访北庭古城

我自西来未得经，熹微才启别寒扃。

名僧难尽徒儿散，不慕成仙慕北庭。

【注】"北庭"为唐朝的军事管理地，在今吉木萨尔县以北10余千米处。首句化用了《西游记》的故事。

驻足北庭古城即目

故城轮廓入双眸，断续连绵貌似丘。

罪孽皆因分裂事，屠将百姓血横流。

驻足北庭古城

史有城池镇北雄，不教胡马铁蹄东。

狼烟熄灭刀枪库，兵燹^{xiǎn}新兴科技丰。

关堞^{dié}痕残霜雪蚀，蒿莱茂盛寂寥穷。

淋淋渊薮问来者，天地何时唱大同？

御街行·游北庭古城

熏风未减心头冷，乱草处，萋萋景，唯余残垒寂寥寥，陪伴萧萧青颖。当年要塞，傲然雄踞，坚守何其挺！

— 70 —

狼烟内患相吞并，剑戟促，难绥靖，无辜殃及祸黎民，戈壁茫茫凭证。和融共济，人间同理，天下相安永。

大江东去·北庭故城钩沉

六人东去，向北庭，寻觅曾经关扼。故垒城垣，蒿草乱，生了深深芨芨。夺势争权，狼烟烽火，落得苍凉驿。当年雄踞，不知多少功德！

分裂疆土尘氛，贼心常觊觎，纷纷横逆。堞倒墙颓，空荡荡，唯有绵延残壁。稼穑葱葱，熏风过处，几丛荆棘。扶筇诗叟，叹些霜雪侵袭。

阜康瑶池园赏夕晖下仙女雕塑

品罢瑶池带醉归，云蒸霞蔚掩虚帏。

黄昏蒙蔽诗家眼，仙女依稀窈窕飞。

【注】阜康市为昌吉州主要县市之一，该地名为乾隆帝所赐。瑶池园位于阜康市市区东 3 千米左右处，是一座新型园林。

天山天池其一

清粼碧液弋游船，拂面山风过额前。

指点羚羊评涧壑，聆听钟磬赏泓渊。

白云隐约博峰下，绿树萧森庙宇边。

袅袅梵音如天籁，相忘物我两浑然。

【注】"天池"在此指新疆天池。天山天池是中国西北干旱地区典型的山岳型自然景观。天山天池景区地处新疆维吾尔自治区昌吉回族自治州阜康市境内，是以高山湖泊为中心的著名自然风景区，距阜康市区 37 千米，距自治区首府乌鲁木齐市 97 千米。规划总面积为 548 平方千米，内含 8 大景观、15 个景群、38 个景点。

天池

四面青山抱玉壶，白云生处嵌明珠。

雪寒遥射晶莹熠，松伟危悬绰约符。

两颗碧螺留旧话，一帧素练泻新图。

姝仙倘若来相顾，喟叹三千境界枯。

巫山一段云·游天池

险壑连深巇，寒松倚陡崖，崎岖辗转有轻车，山黛云雾遮。

崒崒皑皑雪，岩峣隐隐纱。清泓几棹闹浮槎，欢笑不须赊。

卜算子·上天池遇雪

新雪未曾邀，却把琼姿弄。扑面寒凉惧有何，怎敌多年梦。

散乱鹿斑铺，几杆青松耸。笑指天池别样情，赋我诗思涌。

天池行

天下名僧占九陔，唯余一角漏仙台。

当初识得天池地，多少瀛洲舍弃来。

天池娘娘庙山腰小憩眺望

雪映晴波水映山，浮云缭绕浅深湾。

松身蘸满深秋色，浸染池边别样颜。

【注】娘娘庙为天山天池景区内的主要景点之一。

踏莎行·秋游天池白杨沟

灌木斑斓，瑶池潋滟，参差尽被秋寒染。林林总总漫山铺，曾经碧绿烧红焰。

乱草萋萋，长杨艳艳。王宫绚丽稍稍欠。拟将风物采回家，恐遭耻笑何曾敢？

【注】白杨沟为天山天池景区内重要景点之一。

天池晨曦观景

晨风掀碧水，小浪拍轻涛。

雪顶蒙红日，湖边生野蒿。

瑶池沾潋滟，山脊设金绦。

几缕朝霞束，梳匀蚕茧缲。

乘天池缆车

一避蜿蜒下陡坡，山巅沟壑树梢过。

平常踏实皆因地，悬吊空中受折磨。

天池送目

绝岭重围不透风，一方旖旎鬼神工。

情才肆虐诗思足，景致依稀秀色融。

雪白叶黄问秋夏，路弯水碧映长空。

仙池圣境应天外，错落天山独有中。

暮秋游天池

暮秋杨树满枝金，重上天池雪带忱。

喜鹊携花鸣哕哕，青松夹碧色森森。

法门阶陡登新客，湖水波平映石岑。

收起氤氲仙界似，博峰崭露动诗心。

参谒天池福寿观

道家境地不攀厄。领悟苍生自古时。

龌龊心灵休涉足，精深理性最严词。

红尘看破非因酒，法海身溶可作痴。

意念虔诚须淡定，超凡脱俗步僧墀。

【注】福寿观原名"铁瓦寺"，有100多年的历史，为天山天池景区内的重要景点之一。

九游天池

碧波细细作龙吟，涛声软语出松林。

微云嗳嗳山峰下，竟是摩挲天籁音。

【注】笔者自1980年起，计9次造访天池。

天山博格达峰

巍巍雪岭白琅玕，四季皑皑戴玉冠。

纵是春风何限劲，不化顽冰万古寒。

博格达峰

吟鞭指处雪光寒，玉笏山神执一端。

不识行间写何字，长年峰顶戴银冠。

天山天池其二

琼峰碧水石为斑，风过粼粼壮阔澜。

不是瑶池风物美，穆王岂肯下天山？

夜眺天池

三伏瑶池胜晚秋，山高阒^{qù}寂罩深幽。

湖光尽纳深宵耀，几盏残灯惹眼眸。

踏栈道上天池

独有崎岖栈道弯，萦萦绕绕力登攀。

踏雪何须筇杖拄，扶松也可上雄关。

游小天池

数度天池作畅游，未曾近看小龙湫。

传闻阿母常濯足，窃笑仙盆不载舟。

矮瀑龙须溶浅碧，高山雪色点余秋。

微湖尽敛纷纷景，莫让风情逊一筹。

【注】天山天池有二，小天池与大天池紧邻，也称"龙湫"，相传为西王母的洗脚盆。"龙须"指注入小天池的瀑布。

与诗家游天池

初与诗家结伴行，佳人在侧步轻盈。
湖光山色虽妩媚，不及心仪一段情。

雪霁上天池

山道盘桓第几重，两旁无数老苍松。
崎岖迓客徐徐去，一睹天池雪霁容。

登天池铁瓦寺

阶阶级级叠层层，妙在虔诚步步登。
若待高深都领会，凡人心静养清冰。

行香子·天池

峭壁悬崖，栈道龙蛇，行经处避让荨麻。嶙峋
涧壑，频数倾斜。见松儿翠，水儿碧，草儿花。

縠纹瑟瑟，钟磬琵琶。有梵音天籁胡笳。山间
烟霭，水上绸纱。更一团散，一团聚，一团加。

如此江山·天池

粼粼碧水王仙母，遥传至今谬误。瑞雪瑶山，青螺翠玉，难信来时崎路。飞鹰矗矗，看野壑松涛，激流飞瀑。舴艋鸢游，荡开潋滟锦粼坞。

博峰耸，太空处，映池中，酷似含羞闺女。一霎氤氲，忽然雨幕，不解真欢假怒，如云如雾。更坡枕氈毹，草肥苔裕。曲径通幽，但令神鬼妒。

忆江南·吐鲁番

春来早，第一到高昌。花压新枝招蛱蝶，柳垂金缕上鹅黄，如酒入柔肠。

【注】吐鲁番是新疆主要地区之一，也是新疆重要的旅游胜地，唐朝时称"高昌"。

重到吐鲁番

金秋一路顺乘风，疾驶飞奔直向东。

两地枝条各颜色，深疑此处落春丛。

【注】笔者数度到吐鲁番，此次前往时为初秋。

吐鲁番坎儿井

炎炎酷暑奈天何，戈壁茫茫水不过。

巧匠奇思开暗井，深深地下一清河。

【注】"坎儿井"是当地的地下人工河。

吐鲁番坎儿井

淙淙流净水，缓缓越莽原。

不映浮云影，能浇稼穑园。

潜移戈壁远，滋润火洲繁。

迢递冰封下，千年不断源。

游交河古城

花街柳巷叠颓墩，破壁残垣简陋存。

褴褛萧疏寻旧貌，依稀断续接凄痕。

金戈铁马烽烟烬，哨所官衙穴户门。

堡垒长河天堑在，悠悠岁月掩雄浑。

【注】交河古城是吐鲁番重要的历史古迹之一。

之吐鲁番过乌拉泊

一团一簇露丛莎，谁哨茅柴做管笳？

海砺千年坚毅志，考量来者验风华。

【注】乌拉泊位于乌鲁木齐市南郊，多风。"海砺"，参见"齐古水库"条。

之吐鲁番过达坂城山峪

山山裸露削嶙峋，寸草无生总不茵。

两岸巍巍雄势砺，先官留守一兵巡。

【注】达坂城位于乌鲁木齐市南郊，多风，是通往南疆、内地的必经之地。结句化用了"一夫当关，万夫莫开"之意。

三月初游吐鲁番

艳阳三月杏花肥，蜂绕纷纷蝶拥围。

吐鲁番城春到早，江南故国我重归？

游吐鲁番城

丝丝柳色挂均匀，杏韵纷繁蝶恋亲。

常怨边陲花事晚，新疆先润绿洲春。

【注】因地势等原因，吐鲁番的春天来得比较早，故有"新疆第一春"之称。

吐鲁番见出墙杏花

叶翁拄杖遇芳菲，不值知音竟忘归。

闻讯此间花影重，专程执事觅新绯。

吐鲁番杏花

杏花香处淡香柔，第一春来落火洲。

蜂蝶痴迷春宴盛，纷繁凋谢未曾休。

【注】吐鲁番夏季地表温度可达50℃以上，故有"火洲"之称。

秋游葡萄沟

葡萄落架架空空，一半枯黄一半红。

我带西边白霜意，无人知是踏秋风。

【注】葡萄沟为吐鲁番著名景区。呼图壁县位于吐鲁番以西近300千米处。

深秋初访鄯善

楼兰古国早闻听，梦里依稀塑造形。

秋晚亲临才喟叹，自笑行程是踏青。

【注】鄯善为新疆行政县之一，属吐鲁番所辖楼兰古国属地。

鄯善县沙漠冲浪

纵目沙丘卷浪潮，绵延起伏发狂飙。

情知不是天边海，竟似晕船触暗礁。

【注】"沙漠冲浪"是新疆鄯善县重要的旅游景区之一。

沙漠

貌似风光吸热多，遥遥满眼不生沙。

一朝捏得团团紧，手底还能剩几何？

【注】此处指鄯善县沙漠。

过托克逊

海退汹潮出石皋，留将沙砾不须毛。

眼帘放去茫茫际，慨叹天公费力刀。

【注】托克逊是新疆维吾尔自治区行政县之一，属吐鲁番市所辖，是通往南疆的必经之地。40万年前，新疆是内海，喜马拉雅山隆起后，成为戈壁。

托克逊怪石山之天门

怪石嶙峋可慑魂，过山拄杖有奇存。

层层绝境设幽秘，怕有神仙来叩门。

【注】怪石山在托克逊县境内。

戏题托克逊

前村后店隔相遥，一夜风留慰寂寥。

来客不因花厚重，只缘情谊胜春潮。

【注】托克逊长年多风，有"风城"之称，北与乌鲁木齐毗邻，西与和静县相连。昔日行人到此多不得进，因风而滞留。

登托克逊怪石山

弃车安步兴登山，踏实嶙峋怪石间。

云在帽檐边上碰，觉天低处适时还。

西江月·忆一九七三年赴焉耆过托克逊县

驿站孤零漠野，茫茫戈壁风沙。夕阳如火灼云霞，散乱几家残舍。

冷店萧条驴马，盘中黍米纷奢，有钱空想麦馍些，忘却怎生吞下。

【注】黍米代指高粱。

石州慢·登怪石山

鹿角獠牙，魔状兽形，鬼脸妖额。嶙峋错落勾连，震慑来人魂魄。昂然翘首，跃跃欲试长翎，张

— 83 —

开一振腾空翼。绝色骇慌张，把危情穷极。

天力，水雕风凿，热灼寒侵，日修年蚀。短窄蜷身，曲陡攀爬弯膝。四肢姿态，用尽引搭登援，筛糠哆瑟三分密。百转到山巅，叹声声奇迹。

春游石河子

背负朝阳出向西，兵团军垦第一犁。

新榆资费搔头问，可比苏杭柳岸堤？

【注】石河子为新疆兵团农八师所在地。

汉宫春·驻足石河子广场湖畔

初秋，赴石河子考察，闲暇立该市广场湖畔，被其手笔惊诧，填此词以记之。

我自东来，到绿洲湖畔，眼阔心宽。摩崖雕塑，负重职责于肩。巍巍石岸，更长堤，兼作池垣。横亘矗，犹如瀑布，湍湍缓缓潺潺。倒挂玉帘银幕，便清潭一碧，微漾婵娟。争飞燕儿掠过，乡土天然。

车流不息，又分明，现代商廛。疑惑处，金鳞游弋，此间曾是荒滩？

八声甘州·参观石河子军垦博物馆

进茫茫戈壁下天山，一路凯歌旋。在无边草甸，炎炎酷暑，屯垦开田。夜晚窝棚屈体，冬日战严寒。闲暇黄羊狩，改善清餐。

挥起连枷打谷，转沉沉碌碡，衣履斑斓。更官兵一致，历尽苦和艰。想当初，缺牛人代，看而今，四处已桃源。惊回首，对英雄业，岂不诗篇？

【注】军垦博物馆在石河子市区。

重阳日游红山公园

乙酉年重阳日游红山。红山，远看如虎，身临如龙，游山脊，有腾空欲飞之慨。

重阳时节浅寒霏，曲径蜿蜒拾翠微。

脚下雄楼威逊势，虎能振翅我将飞。

【注】这里的"红山"指乌鲁木齐市中心的红山公园，非呼图壁县的红山。红山是乌鲁木齐市的制高点，其上有公园名为"红山公园"，龙泉阁就建在其内。

一萼红·游红山有感

红山公园可鸟瞰全市，路侧竖有一昔日旧照，其上乌鲁木齐河倾泻而来，河上西大桥、中桥、三桥实岌岌可危，甚是苍凉。再目睹眼前景色，感慨万千，作此赋以记之。

上红丘，见苍凉旧照，凝重聚心头。一水滔滔，三桥岌岌，车马行若蜉蝣。带涛雪，衔凶抱恶，似猛兽，吞并过河牛。隔岸长杨，密林<ruby>裒<rt>póu</rt></ruby>集，惊诧双眸。

今日我来时候，叹襟怀太窄，锦色难收。高耸危楼，通衢大道，天地辽阔悠悠。幸留得，腾空虎翼，把璀璨画遍版图周。喟叹人间变奇，只有神州。

【注】"红丘"即红山，因押韵需要；"一水"指乌鲁木齐河；"三桥"，改革开放之前，乌鲁木齐河上有三座桥，故云；"虎翼"，红山远看似虎，故云。

乌鲁木齐大厦临窗夜眺即景

大厦摩天矗夜空，眠星宿月倚苍穹。

乍疑身翼云霄殿，深恐楼翔玉宇宫。

丽景缤纷交璀璨，灯华旖旎映霓虹。

风流著足边城色，便向来人道始终。

长相思·过乌鲁木齐鲤鱼山送目

左一丛，右一丛，重见榆梅花上红，蒙蒙雾
正茸。

过一丛，又一丛，吹面晴柔趁好风，轻香还
渐浓。

【注】鲤鱼山是乌鲁木齐市北的一座小山。

行香子·游乌鲁木齐人民公园

夕照斑斓，灯火阑珊，临门处，古色怡然。斜
榆垂柳，亭榭楼船。又桥边侣，湖边对，树边骈。

水面轻烟，游客如仙。出喷泉，宛若婵娟。霓
虹底发，瀑布天悬。被龙儿腰，雪儿膝，练儿肩。

【注】乌鲁木齐人民公园是市区最著名的园林之一，依乌鲁木齐河而
建，为清代纪晓岚寓所所在地。

秋晌车过三坪农场即目

氤氲袅袅笼平畴，翠碧葱茏惑是秋。

敛起曾经双手种，囊囊塞满绿油油。

【注】三坪农场在乌鲁木齐北郊区。

过头屯河见河床人造场坪有感

河流因涸造场坪，不久茵茵绿草生。

一度桑田沧海事，子孙惊诧惑来名。

【注】头屯河位于昌吉市东，流入准噶尔沙漠。

忆南山

每忆南山几许秋，无缘拾履做重游。

年轻往事多消去，岁暮遐思更乱浮。

出户松风吹冷石，回眸烟雾掩高楼。

穷乡三载积经历，长叹情深不得酬。

【注】"南山"原指乌鲁木齐市以南的广大区域，此处指乌鲁木齐县南山板房沟一带。

— 88 —

照壁山小瀑

溪含松韵下，跌宕碎秋青。

激起千堆雪，涛声震耳听。

【注】乌鲁木齐市南郊板房沟乡后山峡谷也称"天山大峡谷"，是自治区重要的旅游风景区，照壁山是该风景区内的重要景点。

照壁山遇雨

曾闻七彩丽容颜，我看崖前只有山。

细雨绵绵轻落下，谁知日照几时还？

照壁山即目

满天云动旧时形，天暗山阴松更青。

风小劲寒吹凛冽，如秋过物杀娉婷。

【注】笔者曾在附近接受过再教育，故云"旧时"。

天山峡谷山泉

一眼山泉细，潺湲汩汩流。

情知无壮阔，执意出深沟。

题天山大峡谷

广纳云杉滴翠痕，一条白练蓄温存。

新离曲涧飞流下，敢教庐山也屈尊。

游天山大峡谷

朝绕氤氲暮笼岚，山尖缥缈只仙堪。

下乡三载常相伴，岂料须瞻作胜探。

天山大峡谷见雪

一路青黄交错兼，流丹七月正挥镰。

山岚尽被仙收去，僭越如烧雪色添。

调笑令·末伏晨游天山大峡谷

秋虎，秋虎，尚有几分残暑。山尖隐约银光，

峡谷清晨白霜。霜白，霜白，桥畔苍苍松柏。

向板房沟

其一

努力搜寻故道痕，当年零落绝无村。

依然辽阔平原旷，成片依依绿色魂。

其二

当年风物已模糊，山我生疏记忆无。

酸楚交加还半喜，丰衣足食乐乎乎。

怀旧合杨渠

其一

南山四月始春耕，风卷黄尘始五更。

单一经营勤稼穑，来年不足接荒情。

其二

合杨渠上合杨名，只听芳林不见茎。

人畜共源同汲饮，一泓涝坝作泉清。

其三

土豆年年作稼耕，扶苗情愫起三更。

宾来蔬菜饔飧食，讳莫如深不肯评。

（饔飧 yōng sūn）

【注】合杨渠为乌鲁木齐县板房沟乡的行政村，笔者曾在此接受再教育3年。

西江月·由大西沟至后峡途中

怪石嶙峋凶恶，陡坡辗转崎岖。峻嶒欲阻乍来予，头上悬岩似虎。

碧水潺湲舒缓，青松挺拔雄居。短桥又接险弯殊，一路惊奇无数。

【注】大西沟是乌鲁木齐河的上游部分，在市区的南郊，距市区约50千米，笔者曾于1975年在此接受再教育。后峡是北疆横穿天山进入南疆的交通要冲，位于乌鲁木齐市南郊。

喝火令·重过板房沟

揖别离开日，曾经麦已秋。暗中盟誓不回头。时值暮年斜照，谁料又重游。

弹指光阴逝，新颜入眼眸。腹中惊异出咽喉。指点骄杨，指点那深沟，指点那些风物，暇目却难收！

【注】板房沟为乌鲁木齐县行政乡镇之一，笔者曾在此接受再教育，故曰"重过"。

望海潮·一九七五年冬，由合杨渠至大西沟修渠

匆匆离去，辚辚辕驾，人疲马乏艰行。农舍渐稀，田畴更窄，东方隐约疏星，途暮半崚嶒。寨游牧庭院，权且为营。欲引蛟龙，去来随我控流停。

开山劈岭修形，易冥顽巨石，不化沟坑；冬战冻天，春拼冷地，涵连壑涧渠成，工地沸狂腾！那碧溪如带，山麓回萦。遥想当年，未留遗憾对今生。

过盐湖收费站

一山迎面扑人来，曲折蜿蜒谁剪裁？

咄咄威严难撼动，截拦风敌是天才。

【注】盐湖位于乌鲁木齐市南郊。

之吐鲁番过盐湖

皎洁晶莹雪样如，烟波深处却无鱼。

劝人休做垂纶梦，千顷湖滨民不渔。

过小草湖风力电厂

离离雾气隐蒙蒙，风桨涡旋自转中。

弥漫尘沙虽障眼，一身多少建奇功？

【注】小草湖位于乌鲁木齐南郊，为新疆大风口之一。

调笑令·昌吉

昌吉，昌吉，塞外明珠一粒。天山脚下农村，年年变化貌新。新貌，新貌，城乡处处奇妙。

【注】昌吉为昌吉回族自治州州治所在地，原名"宁边"。

踏莎行·昌吉

芍药花残，葡萄子结，亭台榭阁攀枝叶。熏风只带燕儿飞，匆匆过了端阳节。

垂钓娱心，赋闲饕餮，偶来昌吉消离别。高楼林立仰天看，车流无处不如泻。

昌吉

别有精神一巨龙，天山北部尽葱茏。

人和地利都沾得，岁岁城乡换新容。

华灯下昌吉断想

车流似疾风，灯闪若霓虹。

遥想当年驿，驼铃一去空。

参观昌吉恐龙馆

白垩称王一恐龙，翻天覆地有行踪。

如今不惜原生态，加剧消亡步后跫^{qióng}。

漫步昌吉北公园

信步公园飧后行，眼帘别有一番情。

回族风味依稀是，几位豪雄史有名。

【注】"北公园"居昌吉市以北，故而得名。"几位豪雄"：与通向
"回民小吃街"的门楣的隔湖相望处，塑有 6 位不同时期的回族英雄的雕
像，其中有马本斋、郑和等。

昌吉文博中心之私塾蜡塑

陋房清静似茅庵，偶尔书声琅琅尖。

几个垂髫求学子，一鸣天外雁争瞻。

昌吉文博中心之碾子

世上通途叠叠行，愚公未惧岭高横。

可怜石磙农家卧，早凿何愁路不平？

宁边粮仓

出糶（tiào）军粮仓廪存，平时无事任晨昏。

一朝灾难临头上，分向黎民救子孙。

【注】"宁边"为昌吉市的旧称。宁边粮仓又称"清代粮仓"，坐落于
市区北郊。

昌吉清代粮仓之打铁

熊熊炉火照天烧，百炼千锤耐寂寥。

打铁还需身板硬，任凭风怪与霜刁。

【注】"清代粮仓"为昌吉市重点保护文物。

题斗鸡塑像

而今白发忆垂髫，屈膝雄心试比骁。

拼出高低无忌妒，他年邂逅作闲聊。

【注】昌吉市延安南路州二中斜对面歇憩点塑一斗鸡雕像。

滨湖

闹市喧嚣嵌碧湖，重重鱼影出青蒲。

纷纷争看盘桓客，似问曾经识我无？

【注】滨湖为昌吉市政府所在地。

恐龙馆

恐龙馆里留惶恐，灭绝原因理得清？

不避行为随恣意，终将自掘入坟茔！

【注】恐龙馆位于昌吉市市区，为近几年所新建。

昌吉南公园

丛林曲径绕弯弯，绿草茵茵自在闲。

掩映葱茏堪蔽日，依稀树罅泻光斑。

【注】南公园，因位于昌吉市城南而得名。

过昌吉榆树沟村即景

当年稼穑不葡萄，专事粮棉岁岁熬。

眼下经营多手段，葵花玉米杂蟠桃。

【注】榆树沟村为昌吉市的行政村之一，是呼图壁县至昌吉市的必经之地。

昌吉菊花节

风过黄花艳自深，遥遥眺望一田金。

陶公不是唯一客，且看游人皆有心。

【注】"昌吉菊花节"是昌吉市近几年打造的旅游节日。

减字木兰花·深秋昌吉首届菊花节赏菊

金秋幽趣，菊蕊花开香有度。远望南山，白雪皑皑是桂冠。

东篱漫采，不及如今金似海。返璞归真，心逐田园童子纯。

第二届昌吉菊花节

时近重阳看菊花，群群蜂拥采秋奢。

职余翁媪效陶令，真谛谁人做叹嗟？

游杜氏月亮湖

湖光水色小宜人，野鸟依稀点点滨。

由楫悠悠随潋滟，范蠡初学似形神。

【注】"杜氏月亮湖"位于昌吉市郊旅游景区。

小住昌吉北京丽苑

路不拾遗传说事，夜无闭户眼前真。

车行人速相随尾，避让谦恭素质因。

【注】"北京丽苑"为昌吉市居民小区之一。

题昌吉北京丽苑雨后

空明灵动雨如神，几夜东风注满春。

嫩绿重重深密密，却疑封住出门人。

过昌吉

曾经就读驻昌城，昨日公差歇旅程。

任是故园还故国，却将新郭换新闳。

冰肌染出神仙境，雾霭湮成海市城。

那岁生龙兼活虎，今朝锦上又添荣。

少年游·昌吉州第二届青少年手风琴大赛

英才辈出，童颜还嫩，纤指奏仙音。袅袅萦梁，圆圆余味，难信幼儿琴。

轻弹疾抹中洋曲，珠落玉盘心。悬碧幽泉，携香岚气，情韵化成金。

【注】"青少年手风琴大赛"于1996年8月10日举办。

游五家渠清湖射箭场

有志无缘练颈腰，缚鸡身手也骁骁。

沙场有箭勾英勇，看我如何射大雕。

【注】"五家渠"为农六师师部所在地，即今五家渠市。

五家渠荷花

濯濯清身一片青，天天擎叶举微馨。

粉红突出葱茏绿，自命清高不在形。

五家渠荷花节

常美婷婷菡萏荷，抽身别致出凌波。

蜻蜓不懂清高委，秽了莲花点染魔。

【注】"荷花节"指 2014 年 7 月该市举办的第十届荷花节。

题玛纳斯县凤凰湖

其一

凤凰湖似凤凰飞，玉冠山头笼翠微。

疑似天池重易地，一关锁定大江扉。

其二

碧水映山山映水，满湖澄澈影天蓝。

误将云动疑天动，西子蒙羞何以堪？

【注】玛纳斯县是新疆行政县市之一，位于呼图壁县以西，属昌吉州所辖，凤凰湖为其旅游景点之一。

沙湾县鹿角湾景区即景

松倚山坡干不斜，远峰雪熠耀银华。

牛羊遍布氍毹绿，俯瞰遥遥点点花。

【注】沙湾县，为自治区县市之一，鹿角湾景区在其境内。

登沙湾县鹿角湾景区山峦回首

马放欢咻颈引长，氍毹遍地布牛羊。

登高骋目无穷碧，山下星罗皆帐房。

沙湾县通古特尔景区

氍毹一碧万千畦，糯软松茸绿作题。

骑马奋飞天地广，牧羊鞭策草原齐。

山涂翠色逼门阃，水带银粼濯岸堤。

点点穹庐星样布，风光旖旎久沉迷。

【注】通古特尔，在沙湾县南山。

铁路将至伊宁喜赋

据《晨报》2007 年 8 月 2 日载，精（河）—伊（宁）—霍（尔果斯）铁路将在 2007 年底正式通车。

昔日张骞史上名，铁龙明岁抵伊宁。

丝绸昭示文明古，喜看神州开放型。

【注】伊宁市，为伊犁哈萨克自治州州治所在地。

忆江南·过富蕴

原辽阔，万里不言宽。朵朵白云蓝湛湛，丛丛野草碧芊芊。毡帐偶然圈。

【注】富蕴，自治区县市之一，属阿勒泰地区所辖。

长相思·向阿勒泰行

山一程，水一程，才了崎岖兼绿萦。毡房点点明。

草青青，水灵灵，风里牛羊断续声，浮云天上行。

【注】阿勒泰，新疆主要地州之一，属伊犁州所辖。

何满子·喀兰河

山映滔滔流水，声声灌耳悠悠。比拟江南形影，几番乡思勾留。最恨无缘长驻，垂纶只在心头。

【注】喀兰河，为阿勒泰地区主要河流之一。

醉太平·阿勒泰市喀兰河

频繁绕萦，张皇乱聆，推开窗户探听，是何来响声？

奔腾不停，粼粼透明，裹些山雪寒轻。下落差陡倾。

清平乐·福海印象

水丰草盛，碧绿蓝天净，沁入湖中明澈镜，风过粼粼金映。

湖面潋滟参差，氍毹间杂花枝。骏马无缰自在，毡房点点如棋。

【注】福海，新疆县市，属阿勒泰地区所辖。

十月梅·初踏阿勒泰

泉溪甘冽，峡深壑远，紧接云头，夹峙雄峰，俯听过往评由。天时地利人和，都似梦，何等悠悠。山风出岫，软细柔轻，濯暑如秋。

夜幕垂，灯火交流，圆月起，依依树樾清幽。桂殿嫦娥，应羞长袖琼楼。阿房富丽千古，难敌得，些许骈俦。边城不静，一簇山花，潇洒庭州。

八声甘州·阿勒泰印象

占天时地利与人和，道险不心慌。路回回转转，萦萦绕绕，柳柳杨杨。舆舆轻车如箭，泉水自闲忙。极目晴空碧，天际牛羊。

一壑甘霖潇洒，正清心透骨，爽意侵肓。到晚风舒卷，缕缕是微凉。上华灯，辉煌不夜，听河涛，一练似霓裳。山雄峙，卿卿对倚，俯瞰沧桑。

【注】阿勒泰，这里是指阿勒泰市（下同）。

赴布尔津途中观落日

山畔铜钲染透天，毡房点点点平川。

晚霞红到穹庐尽，远望徐徐落日圆。

【注】布尔津，属阿勒泰地区所辖，是新疆境内县市之一。

布尔津托洪台水库

沼泽连茵水草丰，澄清碧绿沐轻风。

无边潋滟粼粼色，旷达胸襟杂念空。

黄昏赴布尔津

牧场无际放收平，点点毡房举目青。

牛马不缰任驰骋，天人一体岂须局？

由乎尔冲赴喀纳斯途中

牛羊断续伴行程，牧草绵延高矮荣。

翠碧遥遥接天际，风光醉我我吹笙。

【注】乎尔冲，在通往喀纳斯的路途中；喀纳斯，为新疆名胜旅游景区之一。

之喀纳斯途中

松外青松山外山，蜿蜒曲折几曾盘？

牛羊草色氍毹地，添得衣衫为御寒。

过布尔津白沙山俯瞰乎尔冲

白沙起伏草连连，奇异盘桓各自篇。

山顶貂皮有商贾，隔山又是一重天。

【注】白沙山，在赴喀纳斯途中。

赴阿勒泰路遇

造化奇功大自然，迥异风光别有天。

各领新潮才景致，物自宜人水在先。

题喀纳斯湖卧龙湾

山有苍苍翠翠松，水盘九曲欲腾龙。

一朝云雾皆相适，即使沉吟也动容。

【注】喀纳斯湖卧龙湾，即喀纳斯景区黄金景点之一。

向赛里木湖

一路西行去，高山向我来。

两旁峰渐紧，尽处到三台。

【注】赛里木湖，属高山湖泊，是新疆一重要旅游景区。

题赛里木湖

其一

飘飘袅袅笼轻岚，青翠层层叠蔚蓝。
辽阔晴空初远望，天潭璀璨逊斯潭。

其二

四面山峰抱碧湖，层层澄澈令人酥。
深蓝隔断沧浪翠，疑是凌波仙子褥。

陪亲家过赛里木湖

赛湖八月即含秋，迥异元霜天尽头。
不到此间谁始信，山尖传冷爽闲游。

玉楼春·过和布克赛尔草原

碧绿氍毹横一片，座座毡房铺草甸。白云天上
已烧红，万里蓝天无紫燕。

逐水而居家乱建，去了无从谋主面。牛羊迁徙
牧鞭长，忙趁夕阳围入圈。

【注】和布克赛尔，属新疆博乐地区。游牧民族逐水草而居，毡房可
随处搭建，故云"乱建"。

早瞻惠远将军府未得

遥想当年壁垒森，至今门户闭沉沉。

行程千里空踟蹰，多少军机未废禁？

【注】伊犁将军，全称为"总统伊犁等处将军"，是清乾隆帝平定准部和回部之后所设立的新疆地区最高军政长官，驻伊犁惠远城（今霍城东南），故亦称"惠远将军府"。伊犁将军管辖全疆，辖境：东到哈密、巴里坤，西到葱岭和楚河、塔拉斯河流域，北到巴尔喀什湖和额尔齐斯河中上游，南到昆仑山。现为重点文物保护单位，附近有钟楼、古城等古迹。

题惠远钟楼

千里来瞻惠远城，如雷贯耳久闻名。

土墙几截连威武，铜磬何时息大声？

敦厚三层凭底座，高挑四角设雄兵。

功勋只有伊河觉，换得今朝裕太平。

【注】惠远，是当年新疆伊犁地区重要的军事地所在，位于新疆霍城县境内。

惠远古城将军府怀古

商贾门前吆喝多，将军府邸客如梭。

绸缪大漠遍杨柳，设计家乡绝恶魔。

粉碎异徒侵占梦，畅通丝路过来驼。

如今马不随军旅，散放南山绿草坡。

题那拉提草原

其一

散点穹庐山半坡，牛羊一吼自然歌。

音穿云际晴空外，震荡松涛起绿波。

其二

无边风景数回头，放马狂奔不肯收。

欲摘野花都带去，奈何香色阻双眸。

【注】那拉提，位于新疆新源县境内，是全国名胜景区。

出那拉提雪莲谷

陡壁如刀慢速车，葱葱蓊郁挂悬崖。

淡香漫野黄兼白，扑入窗棂也是花。

宿那拉提

鲜觉星光三伏寒，西窗玄月睡留残。

华灯街面山风里，昼见情形寝不安。

经独库公路过乔尔玛至独山子段途中

曲意缣缣锦缎如，蜿蜒披戴及笄初。

回环倚就雄威势，跋涉能将困顿除。

虎啸无声迎面石，溪音有意洗尘车。

峰巅立定留长叹，勇士功勋路可书。

【注】独库公路，原为国防公路，是克拉玛依、独山子至库车的公路，由解放军工程兵修通。独山子，是著名的石油加工地，属克拉玛依市所辖，乔尔玛为其中一段。

过乔尔玛至独山子

时有清溪泻下山，苍松壁立陡坡间。

两三鸦鹊翻飞过，是问来人去与还？

至和静夜月下火车途中

山溪粼皓月，隧道接桥涵。

月净涂清影，余晖照浅潭。

【注】和静县，为巴音郭楞蒙古自治州主要县市之一。

车行库尔勒途中

茫茫黑夜向何方，既为红颜又奔丧。

躁腹斯情均欲结，无眠人月两相望。

渔歌子·孔雀河晨

两两三三做钓翁，熹微柳罅过晨风。波潋滟，叶葱茏，一桥飞过卧霓虹。

题孔雀河

晨风吹起满河秋，潋滟浮光映白鸥。

一抹潺潺如窈窕，横过闹市衬风流。

【注】孔雀河，为库尔勒市主要河流之一，流经市区进入博斯腾湖。

孔雀河边漫步

风有柔情水有波，轻轻拂过柳婆娑。

仲秋孔雀河边影，赋予吟怀作放歌。

题开都河

缎带飘飘铺设奇，仙人竟漏一玄机。

本来织锦天庭事，落得如今满腹疑。

【注】开都河，是新疆的大河之一，也是一条著名的内陆河，流经和静、和硕、焉耆、博湖等县。开都河全长约610千米，流域面积2.2万平方千米，总落差1750米，多年平均径流量33.62亿立方米。

题乡都葡萄基地

雄心勃勃眼高瞻，风险艰难独自担。

万亩葡萄悬翡翠，谁人敢不点深颔？

【注】乡都葡萄基地，在焉耆县境内，是高档葡萄酒"仪尔·乡都葡萄酒"的产地。

品仪尔·乡都红葡萄酒

葡萄美酒味犹殊，琥珀盈樽滴滴朱。

多少酸甜都领略，过来滋味绘宏图。

品仪尔·乡都葡萄酒

七窍平时各用场，樽樽玉液最难忘。

消除旧病留轻快，摆脱成因愈健康。

生态纯然才绝品，顶尖质朴便琼浆。

五官领略玲珑色，口齿还余久久香。

仪尔·乡都酒业采风归来

多少成功与泪随，人前欢笑泪私垂。

一朝获得光环灿，捧月繁星绝不亏。

水调歌头·游博斯腾湖

今日醉心事，摇楫赏鲈鱼。水乡泽国辽阔，舟似小轻桴。片有蒹葭浅唱，面有涟漪荡漾，云白作音符。仙曲飘飘过，绝倒在斯湖。

两天鹅，数肥鸭，对雏兔，出没闲来闲往，相顾又相呼。想见风吹浪打，恰似江南如画，散点几穹庐。天矮斜风里，烟雨钓菰蒲。

【注】博斯腾湖，位于新疆博湖县，是该县的旅游胜地。

新疆品荔枝

贵妃平欲仗皇妻，万里遥遥疾马蹄。
国运亨通途径短，如今得荔似求梨。

新疆见杨梅

青蛙如约已先来，棋子闲敲惴惴怀。
去岁街头初见得，久违面目乃杨梅。

呼图壁品故乡茶

一封微信到长沙，不日邮来原汁茶。
故里清香毫未减，悠悠回味叹咨嗟。

居呼图壁品湘茶

潇湘茶味异乡温，少却红丘山水敦。

万里遥遥如隔壁，细斟情厚注盈樽。

出榆钱

又出脩金欲买春，惊疑三月那分神。

争时万物纷纷努，唯恐榆钱价不匀。

【注】榆钱，即榆树的籽实，嫩时可食。脩金，弟子给老师的酬金。

题榆钱

人生风物我生钱，点点星星额上悬。

只怕过时廉价了，缀成春色做衣穿。

采桑子·摘榆钱

艳阳天里青葱事，绿了长杨，发了鹅黄。剪剪东风燕自忙。

榆钱欲买新春嫩，填满琳琅，装满衣囊，妻子餐餐作口粮。

落榆钱

榆钱买得青，甘愿做牺牲。

代价无人惜，东风细软评。

落榆钱

柳未抽芽桃未娇，寒梅身价已萧条。

向天买得青春后，便把浑身许给苗。

梅

生来甘与雪为邻，脱俗灵魂别有神。

不与群芳争馥郁，暗香浮动报初春。

【注】因呼图壁县没有梅花，以下"梅花"多指榆叶梅。

咏梅

一怒梅花雪境开，只因青帝乱安排。

寒香不慕茵茵绿，却做春前信使差。

梅色

错点时期拄杖翁，惺忪睡眼似从容。

梅花不识青春路，误把纷繁播在冬。

落梅

抱得残香病魔休，几人回顾雪中遒。

风霜凌厉何曾惧，竟死东风一缕柔。

呼图壁桃花

其一

人逢绝色不能辞，崔护城南难自持。

宰相功名先莫论，却留身后咏桃诗。

其二

三月明晖正适时，桃绯香脸忍寒之。

游人不识春风好，只赏花浓艳丽姿。

其三

花在低梢早序开，馨香接踵紧随梅。

时人不惜东风尽，只拣枝间一朵摧。

其四

一样春潮带雨花，妆红点绿几多差。

风情优雅褒神韵，唯我轻浮播万家？

桃花

桃花似火照天烧，正趁风威得势妖。

东晋涉险寻洞府，唐朝遗漏上春潮。

夕阳深浅云霞映，小径短长颜色邀。

百媚娇颜怜子者，有谁移目到根寮。

【注】东晋，代指陶渊明；唐朝，代指崔护。

过却桃花汛

桃花不汛告吾知，却把雏儿结满枝。

应是阳春三月发，今年何故忘开时？

清平乐·桃红伴柳

猩红欲破，艳丽盈盈颗。鼓胀新鲜羞涩朵，也效梅花些个。

微微草色参差，鹅黄坠下悬枝。暧昧殷勤细细，疑将钓起依依。

天山雪莲

闻说鲜花不畏寒，悬崖峭壁自斑斓。

任由聒噪纷繁乱，炼得生津药一丸。

雨夜遥想荷池

霜风摇拂一池荷，夜雨飘零慢细哦。

浅冷余香雁携去，暗问清纯余奈何？

莲花

濯濯秾华浅水栖，清香淡淡绕湖堤。

莲花不改千年结，尽管生来脱自泥。

残荷

荷带凄凉不作声，从无计较正芳名。

霏霏雨打谁听响，我在阳春过后萌。

杨花

漫天飞舞雪飘飘，淡淡轻烟绿动摇。

做尽风流留唾骂，谁能联想丽人娇。

牵牛花

借势行茎纵蔓枝，唇红舌白露葩仪。

形同喇叭朝天裂，欲向人间说那时。

【注】牵牛花，草本植物，俗名"扯扯秧"，呼图壁县常见。

如梦令·牵牛花

舒卷缠绵形势，趁了他人伶俐，攀附又趋炎，沾染几多恩翳。鲜丽，鲜丽，别是一番心地。

极相思·连翘花开

连翘三五参差，桃色落将时。缃黄淡淡，翠英束束，嫩叶琼脂。

碧玉托新才可爱，休傅粉，怕与人知。娟娟秀丽，无烟无雾，默默倾姿。

美人蕉

一笺私信路遥遥，青鸟衔来置绿标。
只因尽务农桑事，却被东风暗自瞧。

鸡冠花

红冠绰约得鸡名，伫立园中挺一茎。
愧对司晨天分职，从来日夜不闻鸣。

蒲公英

初黄绚丽蝶于肩，直抱轻茵绿作先。
子满飘摇风卷去，杨花误认病同连。

棉花

其一

枉著浮名亦号花，人图馥郁我图纱。
田园草木同根本，虚实由来不一家。

其二

百花作艳报春时，泛泛徒名自古兹。
细细纤纤无筋骨，严寒将我奈何之？

芍药

名留千古一丛香，破萼辉煌浴艳阳。
不管去年风雨故，逢春仍旧满庭芳。

小桃红

榆叶梅花又谢时，余香不尽绕新枝。
稚子初成绒嫩绿，蓄足来年艳丽仪。

【注】小桃红，又名"榆叶梅"（下同）。

柘枝引·小桃红花谢

桃花乍谢粉难匀，红屑乱纷纷。谁带繁华去，榆钱价值买回春？

渔歌子·初见榆叶梅

绿叶星星点点斑，红花淡淡挂枝间。如笼雾，似堆烟，东风昨夜过林边？

题季春榆叶梅

猩红轻笼好身姿，远望匀涂血色疑。
缓步近前重辨认，原来一树似梅枝。

早春榆叶梅

又见榆梅灼灼开，清新足以释襟怀。
曾经贯彻寒氛厚，都被春风恣意裁。

榆叶梅

其一

独领风骚榆叶梅，参差叶草不曾肥。
嫣然尚待鹅黄足，破萼流香浸透绯。

其二

借名借色借芳姿，无骨无神无入时。
纵使红烟堆艳爱，谁人过后做深思？

其三

根本身心耐旱科，却于前世仿梅娥。
明明不具梅花格，偏趁春风做笑哦。

暮夏赏榆叶梅

夕阳着意显奇功，蓓蕾心存志不同。
只许春来新拾掇，满枝娟秀透猩红。

窗外榆叶梅

榆叶梅开一树些，殷红靓丽似明霞。
若无香色招蝴蝶，应恐枝头是伪花。

题孤芳榆叶梅

遍地葱茏脱旧寒，茕茕孑立点孤丹。
可能青帝垂偏爱，赋予妖娆别样看？

【注】呼图壁地区榆叶梅于早春开花。

题有趣榆叶梅花开

一株绿树两般形，右侧繁华左侧星。

谁见春恩分彼此，如何同地别枯荣？

题榆叶梅花开

花事重重蝶事无，丛丛绿意已新苏。

轻烟不散欺翁目，近看原来粉屑涂。

香谢花开

两树相邻并立排，榆梅花落紫丁开。

曾经齐报春消息，却悖荣枯去与来。

【注】榆梅，即榆叶梅的缩写；紫丁，即丁香。

榆叶梅花谢

榆叶梅花底事穷，衔泥紫燕送将终。

呢喃带得乡音似，去逐魂牵梦绕风。

浣溪沙·榆叶梅花蕾于早春

润色经年又不同，如期三月约东风。沐将昨夜雨空蒙。

— 123 —

迭屑参差烟与雾，连枝次第淡和浓，些微羞涩映猩红。

浣溪沙·季春榆叶梅

嫩绿氍毹映衬红，阳春十日九东风。直教新萼破芳容。

烟雨空蒙都不似，云霞绚丽几相同？无风嬉戏韵犹浓。

长相思·题暮春榆叶梅

含也羞，放也羞，颦笑之间轻放投，芳菲枝上留。

昨天柔，今天柔，一萼绯红蜂蝶谋，将春暗自偷。

卜算子·又见榆叶梅

又见小桃红，点点花如锦。与柳相依婀娜中，放纵东风任。

着粉上鹅黄，瘦影婆娑荫。弄起娇柔四五分，多少游人浸。

临江仙·晚春榆叶梅

嫩绿氍毹初染就，榆梅一簇芳容，新春还未退残冬，杏花犹若李，桃叶尚轻绒。

烟雨不曾香气改，斜阳几度绯红。霞衣自觉韵应穷。常开无极品，偶尔胜仙蓬。

水调歌头·晚开榆叶梅

未绿露颜色，举粉献春风。不知梅已开罢，环视乐融融。志得襟怀意满，笑看葱茏甚晚，醉倒白头翁。任便群芳妒，破绽一身红。

璀璨毕，纷繁谢，四周空。杏儿凋敝，蝴蝶飞向野花丛。无意标新立异，休道超凡质地，邀宠似孩童。愿与黄鹂舞，独自更玲珑。

杏花

花凇粗俗辨，冷暖有新疑。
若不邻枝比，权当是雪脂。

杏花

其一

隔篱红杏出墙开，多少游人墣外徊。
一夜飘零香寂净，看花还有几人来？

其二

总有妖娆出女墙，诗人过后赋华章。
医林妙手封佳誉，惹得蜂忙蝶更忙。

其三

园内花开园内香，芬芳馥郁自徜徉。
风吹一动逾墙外，鼓舌摇唇论短长。

杏萼

杏花花谢萼留红，韵印殷殷血色通。
不肯香痕轻易损，留些馨意待诗翁。

杏花

杏衣花羽半梅妆，疑是寒冠着雪裳。
疏影参差源玉骨，暗香馥郁本冰瓤。
新蕾羞怯浮赧靥，硕瓣雍容透脂嫱。
任纵春风扶绿处，莫将洁丽误徜徉。

菊花

其一

菊花生就傲霜枝，未到秋深不露姿。

看尽春芳空馥郁，温馨偏与实丰时。

其二

年年皆读傲霜枝，多少炎凉我独知。

一茂通秋临萧瑟，无人得讯惜金时。

咏菊

菊负阳和性自幽，深知春色不长留。

雁来骨力风霜验，才散馨香送晚秋。

观菊花即景

又是经年一度花，暗香依旧自豪奢。

蜂蜂蝶蝶纵来去，叶叶枝枝未改差。

夜远霜稠藏月冷，风栖草乱伏妖邪。

濯忧亭里愁常浣，巨耐春秋总发芽。

【注】濯忧亭，是自治区民政厅驻呼图壁县静宁医院内一凉亭。

调笑令·菊

秋菊，秋菊，傲骨霜枝不俗。曾经目睹辉煌，而今喜得暗香。香暗，香暗，蝴蝶纷纷惜捡。

霜天晓角·重阳日咏菊

萧萧世界，燕被征鸿改。霜色已开新杀，穹庐远，蓝天在。

黄花寒意耐，傲然流异彩。多少冷风吹拂，骨气有，何曾败？

沙枣花

其一

不尚温柔不卖娇，初看身段不妖娆。
花开浅淡无蜂蝶，挺立风沙耐碱硝。

其二

无艳无娇无特妆，不红不粉不张扬。
年年四月群芳尽，独在风中散发香。

溪边小立

获花摇瑟白霜初，聚散圆圈示小鱼。

水面无风晴似镜，天边有字雁为书。

【注】溪边，这里指呼图壁县十三户二组一带。

村溪即景

柽柳花开紫陌边，鸬鹚矫健翥蓝天。

蛙鸣几点才幽谧，屡把新钩入细涓。

【注】新钩，指鸟喙。

即窗秋景

如枫一色火丹红，遥想当年杜牧公。

寒径不知何处拾，经霜风景入帘栊。

秋日火炬树

新春无意夺头功，甘愿秋寒送远鸿。

萧瑟霜天看本色，满枝一似夕阳红。

深秋植树途中即景

深秋植树乘轻车，阡陌桃铃玉缀瑕。
六出参差前夜霁，却疑雪絮是棉花。

摘枣

枣匿林枝下，田畦隐约斑。
携篮人过处，唯有绿痕残。

【注】这里是指红枣。呼图壁县近几年农田广泛栽培。

葡萄

藤本无心去蔽天，逢春出绿遍沟田。
垂悬翡翠玲珑味，馋得龙王滴欲涎。

葡萄延门

葡萄输绿入家门，欲饮诗翁席上樽。
春事已深心渐淡，秀花将败韵还存。
清明扶翠阴庭院，寒露修枝护本根。
缕缕勾留情未了，芊芊叶下醉王孙。

山溪

歇流犹自净泥沙，来势匆匆出险崖。

一入平湖堪鉴月，释将平素一身枷。

【注】山溪，指呼图壁县南山内的小溪。

即目

儿时曾目睹鹭鸶、鸬鹚风采，屈指已四十年矣！
昨日湖滨见成群鸬鹚屹立于水边，有感而作。

鸥鹭湖滨起白烟，人来振翅皓如仙。

卅年不见鸬鹚面，疑是沧桑又换田。

【注】水边，指呼图壁种牛场 6 号水库。

即目

一片橙黄一片青，高低错落自修形。

葵花点缀氍毹碧，满目葱茏似画屏。

解冰时节看柳

色引瞳眸目柳身，解冰时节目清新。

绯红淡淡如轻雾，一扫寒光笼罩氤。

沙枣树

若从伟岸识风流，便向松林看劲虬。

香远不曾花萼大，碱滩石碛自封侯。

咏银杏

看尽尘埃若许年，副名化石史无前。

只因药用身才贵，脱俗凡胎结宿缘。

【注】此银杏为严承鑫先生院内所植。

玉米

一段身姿结满珠，亭亭玉立傍颀株。

青春正值妖娆处，何故无端却挂须？

插秧

手把青秧不向前，弓身退步背朝天。

陌头回首成湘绣，笑靥留余雁字边。

稻田

稻田簇簇立婷婷，一望平畴满眼青。

浅水不波凝碧重，谁将声色绘图形？

农田远眺

宿麦昂扬拔节高，风吹碧绿起青涛。
绵绵云泽团新絮，点缀山腰是雪袍。

陌上即景

信马由缰好牧牛，氍毹辽阔绿油油。
还巢紫燕携刀剪，了断东风那份柔。

见芦芽

芦芽虽短志气高，长节顾身落野皋。
一旦摩天出头日，摇摇摆摆领风骚。

芦苇

芦苇新黄已见秋，梢端长穗穗才抽。
临风还作娇柔事，难料身姿不日休。

芦叶

雪后新衣状小春，从来不与竹为邻。
一生养就随风性，怪道端阳裹粽身。

庭院来家雀

与人为善至亲和，庭院深深草一些。
惠泽恩宏及家雀，破窗呖呖送轻歌。

咏秋雁

一喋寒蝉天下秋，黄枝枯叶送征候。
飞来也是临时客，只待凄风定去留。

咏燕

与时俱进趁春归，出入呢喃自在飞。
修得家家缘分好，年年带子灭虫威。

欲雨见新燕

新雨将来燕子高，雀声鸣噪闹枝绦。
云低绰约垂垂柳，衬映遥遥一树桃。

初见燕不鸣

对对双双过碧溪，江南软语不能啼。
仄飞底事匆匆去，因茸芹巢口有泥。

蝶恋花·燕

水面縠纹挥动剪，希冀湖平，未弃生来愿。多少子孙相替换。坚持不惧征途远。

世事轮回天地转，把住春光，将息梁间变。雨打风吹时序换，身轻岁岁从无间。

鹭

其一

天生窈窕自娉婷，长项藏鸣喜好汀。

身段一由青翠衬，莫疑姿色是精灵。

其二

白鹭亭亭立水中，浑身皓洁捉鱼虫。

无鸣默默常翘首，振翅蓝天一簇绒。

青蛙

今生富有一身轻，不上枝梢作啸鸣。

甘在溪流留半句，与鱼相伴做亲情。

【注】呼图壁县在2007年前后出现青蛙。

闻新疆有蝉

闻说新疆亦有蝉，久违身影未醒眠。
垂垂晨露风收去，即使高声也枉然。

虞美人·七星瓢虫

花衫甲胄斑斑点，彩翅还常敛。草丛深处自从容，但愿氍毹一片绿葱葱。

姑娘自赐芳名后，心事难猜透。青春正妙待闺帏，欲嫁翩翩年少不须媒。

浪淘沙·蜘蛛

独自护心仪，只有坚持。不教蜂蝶扰春姿。端的为他添旧病，着甚填词？

愈久怕崩离，苦苦撑持。常将窈窕守深思，把个玄机留到老，挂断旋丝。

牧归图

农夫归牧夕阳边，阡陌扬尘起淡烟。
爱草羊羔行不轨，纤纤绒背闪柔鞭。

雪霁导盲犬

旭日东升雪色纯，盲翁小犬步均匀。
形似一路梅花串，领出残冬去会春。

蟋蟀第一声

阶墀初递一声侵，问我如何叹息音。
秋意未曾霜肃杀，先传凄厉到茫心。

天山麋鹿

嵯峨崇峻立苍松，陡峭巍巍几欲封。
皎洁雪莲香爱冷，机灵麋鹿足登峰。
鹰心总向云边翥，马志常思路上跫。
漫说崎岖随险阻，森林深处自从容。

柳

名留袅娜甚牵强，扦插无心已成行。
倘若人间真缺我，园林谁敢说风光？

寒柳

衰草慵慵送雁行，轻声低唱诉彷徨。

明年再弄婆娑色，又长缤纷一寸长。

忆王孙·柳

鹅黄新上柳梢尖，缕缕金丝缀绣帘。又被东风
日日添。雨针砭，万种柔情脉脉衔。

风光好·垂柳

鸟飞飞，柳枝枝，缕缕长绦傍岸堤，正依依。

丝弦拨弄回春律，声声碧。断续缠绵断续离，
不能齐。

踏莎行·春柳

一色轻纱，三分胜境，新葩嫩萼鹅黄柄，东风
吹过粉飘摇，纷纷南北春蹊径。

淡霭迷蒙，晴空寂静，鹂莺偶啭悠悠应。穿梭
紫燕出斜飞，妖娆已在清塘映。

胡杨忆

渐灭繁荣碧已稀，金黄戈壁挺琼姿。

屯兵要塞窝棚柱，军垦荒原檩栋支。

取暖炊烟升袅袅，挡风御雪劲助之。

如今骤减成尤物，功绩巍巍第一枝。

【注】胡杨，新疆俗有"三千年不倒，三千年不死，三千年不朽"之说，故云"渐灭"。尤物，在呼图壁县、昌吉市、111 团接壤处设有一"胡杨园林"，供游人游览。

过胡杨林

天山绵亘到天西，准噶无边好放蹄。

多少胡杨伴红柳，梦幽深处不宜提。

【注】胡杨林，这里是指五家渠市 105 团胡杨林地。

捣练子·秋日咏杨

如碧玉，似缃琛，片片橙黄叶叶深。疑是花开三月丽，绿杨犹挂满枝金。

念奴娇·银杏印象

火烧炎夏，夕阳斜，新睹矜持姿色。幻想芳名，多少次，应有特殊功力，古木参天，银花满树，叶透琼脂碧。如同化石，世间奇异消息。

惊讶低矮身材，大家闺秀势，蒙羞痕迹。貌似平常，枝守住，惊悸张扬狂逸。淡粉沾皤，微青带绿，君子谦谦质。大家风范，原来谦逊缄默。

【注】银杏，史前留存的植物，有"活化石"之誉，新疆极少。前些年，经本地友人人工培植才得见。

题王族海棠

接蘖林檎号海棠，红枝红叶共梳妆。

新姿惹眼标名贵，别样风情韵味长。

【注】王族海棠、红叶海棠，均为近几年新近引进的亚乔木风景果木品种。

谒金门·题暮春海棠

枝上迹，娇嫩一丛新碧。谁把萼边涂丽质，展开春气息？

半雪半红半白，将露将垂将滴。不是东风吹得急，几曾蝴蝶密？

更漏子·海棠初发

嫩微微，新隐隐，枝上才生红粉。堆缱绻，缀缠绵，氤氲恰似烟。

花蕾密，翠降滴，露出几多瑶碧。一簇簇，一丛丛，含羞对小风。

昙花

一现昙花夜半开，惊疑不绝久萦怀。

风姿绰约馨清月，会有谁人识得佳？

兰花

花妍不为丽而开，时序如期款款来。

多少狂徒非酒醉，温馨所里乱灵台。

茭蒲

半世居西北，身心岁岁孤。

眼前新菜熟，识得是茭菰。

【注】茭蒲，茭白的雅称。新疆无此蔬菜，故曰"新菜"。

葱

先觉新春暖软临，生机焕发露青针。

瘦身挺拔迎寒沍，不死繁荣一颗心。

鹧鸪天·荠菜

荠菜身微小白花，年年惊蛰自骄奢。云端燕舌才交语，水侧涛唇始吐芽。

心不远，满天涯，东西南北四方加。功劳总在飧余后，却使郎中一口夸。

【注】芥菜，是一种新疆常见的野菜，春天嫩时可食。

从肥田到住宅

曾经沃土可粮蔬，植树牛羊鸡鸭猪。

逐利年成侵占尽，不修私企便豪庐。

【注】肥田，即呼图壁县近郊和庄农田。

田园即景

六月田园没奈何，零星玉色点青莎。

氛围酿尽无穷碧，却被鸥鹭占去多。

采桑子·乡村即景

其一

畦畴一派甗甀绿，秧也青青，水也清清，稻叶尖尖翠碧萦。

风轻漫抚柔柔媚，蛙语声声，燕语嘤嘤，阡陌生机各有情。

其二

池边密密蒹葭乱，烟蓼茸茸，芦荻葱葱，趿响蛙惊不见踪。

婷婷白鹭娇娇立，姿色雍容，音色玲珑，占尽甗甀绿色浓。

踏莎行·田园即景

水印鱼纹，山衔落日，晚霞一抹田畴碧。飘飘袅袅是炊烟，牧童堤上吹横笛。

噪鼓青蛙，栖墙蟋蟀，稻禾满布清香色。雨收荷叶似新淘，残蝉点点鸣无力。

采桑子·田园即景

溪边匀遍氍毹绿，秧翠娉婷，秧翠娉婷，风过轻轻，传与浪千层。

蓝天掠过双双燕，雨霁晴明，雨霁晴明，听取蛙声，享单柳钓鱼情。

朝玉阶·田园秋景

重又丰年收获时，稻田还若画，色参差。棉花新白尚矜持，平畴黄透绿，凝琼脂。

番茄如染浸丹姿，长绦牵柳线，韵依依。青苍高矮迭逶迤。夕霞都送去，最心怡。

行香子·田园秋初即事

鹭点秋阳，燕别春梁，渐添衣露重风凉。鸥鹄音远，暑影斜长。正蜇方少，气方爽，叶方黄。

坪场垛麦，黍菽囷仓。果枝弯袅袅飘香。鸭群溪畔，鹅伍湖旁。弄草儿晃，鳞儿遁，漾儿狂。

泉水

潺潺溪水去悠悠，不慕繁华兀自幽。

万物有形都可鉴，行为龌龊变污流。

【注】泉水，这里是指呼图壁县大泉村之泉。

楼前扎篱笆种菜

围栏拟种一畦蔬，为荫窗前绿影殊。

更怪当今多毒素，茶余还可理蘅芜。

题秋风中环卫工

残雁馀声接晓霜，熹微瘦影负盈囊。

清除落叶秋风职，却被人工一扫光。

采桑子·题呼图壁县环卫工

严寒酷暑都无畏，迎接朝霞，送走西霞，日日
躬身汗水加。

粉尘纸屑殷勤帚，脏了私家，净了公家，薄俸
无言不怨差。

雪花

自古名花却不香，形容白洁体飞扬。

貌如仙子长空客，冷酷严寒更胜霜。

定风波·孟冬雪日

白雪皑皑不染瑕，初沾枯草乍疑花。野径泥途消玉色，银璧，失它面目作惊嗟。

迷漫娇柔含妩媚，飞舞，偏偏晴了又增纱。把酒当炉驱料峭，还要，一杯饮罢再添加。

采桑子·雪—雨—雪

天公瞬息无穷变，雪又纷纷，雨又纷纷，半脸欢欣半脸嗔。

猢狲踢倒灵霄殿，收了晴雯，换了阴雯，接续琼瑶乱作春。

双双燕·秋雨即兴

落秋雨矣，正天拟黄昏，弄将凄唳。萧痕落寞，夹带几番寒庚。催谢梧桐叶翠，尽一似，萧萧愁字。平生怕见云端，雁叫声声归势。

偏是，才消又始，那缕缕丝丝，怎么休止？最难当酒，浅睡梦深心事，还听廊檐滴细。不能已，推辞无计。今夜独卧孤衾，明日可曾晴丽？

绮罗香·春雨后

瘦柳如针，斜榆似线，新雨携风微冷。昨夜轻匀，凝作一盅香酪。惊诧处，洁白西归，困迷日，暗黄东醒。又喜些，清气朦胧，纵然料峭亦豪兴。

团团云絮映衬，天远山高野阔，玲珑春影，杜宇无踪，燕子尚留南岭。心正惬，情景还初；趣更浓，梦潮犹劲，直生起，多少相思，并成今岁景。

一剪梅·雪中情

雪染枝梢欲扮谁？不辨梨花，疑是琼脂。空中佳客舞珠玑。一片寒烟，几缕乡思。

绿柳而今换玉姿。半裹春情，半着冰肌。纵无蜂蝶亦新奇。簇簇茸茸，点点依依。

水龙吟·雪

——次韵苏轼《水龙吟·次韵张质夫杨花词》

似花却又非花，长空谁拟飘飘坠？轻盈皎洁，霏霏缭绕，有情有思？带得寒凉，携将琼质，暖来封闭！正妖娆一片，晶莹剔透，终将被，风吹起。

常对年年旧事，恨关西，锁深长缀。梅香疏影，戚零寥落，江南衰碎。燕晏呢喃，莺迟婉转，鹭鸣流水。叹琼瑶万点，翩跹卓荦，引离人泪。

第三篇　塞外时序

柘枝引·春日

红笺小字数千言，只可对诗篇。唯有相逢梦，醒来不肯说人前。

鱼游春水·呼图壁春日

和风吹嫩柳，摇曳婆娑铺锦绣。春寒料峭，初见小园新韭。川川葱绿蕴玲珑，满眼风光驱偠僽。阡陌径芳，池塘容秀。

荻小尖尖雨后，昨日青芽疑豆蔻。穿林递得鸣禽，氤氲气候。碧水纳春春涨岸，粉萼噙香香出口。身在画中，醉心如酒。

最高楼·呼图壁春日

春三月，蓬勃盎然时。花发杏花枝。向东芊草初明媚，朝南桃蕾欲芳菲。对来人，谈柳色，说生机。

这季节，故乡山水绿；这季节，故乡烟雨足。新燕子，旧黄鹂，梁间诉说相思绪，林间呼唤日晴晖。鹧鸪天，阡陌韵，嫩秧齐。

春

其一

斜榆弱柳舞东风，极尽生机勃发工。
燕尾天成修婀娜，莺喉物候唱玲珑。
争荣草木添新秀，逐馥蝴蜂觅彩宫。
塞北未交梅萼运，行将第一杏花红。

其二

阴晴间杂日融融，朝夕氤氲幻若蓬。

裹艳娇花初着朵，藏茵嫩草乍生茸。

翠微雨过涂青绿，馥郁飔来上粉红。

柳钓一池涟漪浪，黄莺断续舌东风。

其三

春水深淹没藻萝，欲知谁长问浮鹅。

子秧隔坝方秤嫩，弱柳临溪瘦影多。

雨幕霏霏还半掩，蛙声点点续轻歌。

未着蓑衣看风景，唯恐新奇一霎过。

摘得新·春

柳色新，河堤满是春，鹧鸪啼晓梦，对谁嗔。

东风不解相思苦，枉凝神。

减字木兰花·春

扶酥上树，惹得蝴蜂眠不住。只觉风吹，一片

轻烟近却移。

耕牛迈步，一路嚵新难驾驭。带露山歌，绿水

溪边几白鹅。

浣溪沙·春

花下吟诗字字香，无须雕琢自成章。小风吹蝶上馨房。

柳絮锦团凝雪簇，杨花新羽惹蜂忙。声声翠鸟好徜徉。

蝶恋花·题立春

六九临头春便打，过了今宵，便是新年夜。倏忽光阴如箭下，猛然回首心惊讶。

弹指工夫无隙罅，花甲纷纭，看尽真和假。时日匆匆谁肯借，黄昏月在天边挂。

踏莎行·立春后三日即景

落日衔山，开春带暖，玉门关外东风软。流莺鸣雀舌还封，霏霏细雨残冰浣。

点点疏疏，连连断断，迷蒙雾气轻舒卷。氤氲淡霭甚娇柔，如纱入梦谁裁剪。

呼图壁早春

新减冬衣又一层，春分时令已无冰。

柔和细雨丝丝落，燕子回归尚不能。

蝶恋花·早春

雪软晴和添暑影，日丽风轻，一派融融景，云絮微微天愈迥，已而减却残冬冷。

雀集新开无玉境。言语重重，喧闹些儿净。举足欲寻春色颖，不知何处通芳径。

踏莎行·呼图壁早春

小草青青，浮云淡淡，阳春丽日长空艳。东风初试剪刀锋，枝头修出柔和范。

落尽梅花，增些绿点，羊羔奋进遥遥啖。乱添衣着俏佳人，晨穿裘服黄昏减。

满庭芳·呼图壁早春

一缕春烟，几团云絮，晴和风软轻吹。困人天气，还是旧年期。故道西疆日久，多半是，雪色依依。鹅黄隐，柳芽未吐，无树上芳姿。

心疑，寒料峭，愁氤乱霭，腐草残薨，问离路遥遥，曲折轻移？白发髻髻老鬓，都浸染，病态淋漓。冬装重，香烟屡屡，飘过矮墙垜。

水龙吟·小春

一天一寸青茵，多情细雨含情鸟，潇潇沥沥，呜呜啭啭，霁开云皓。野陌轻烟，长畦翠霭，茸茸新草。叹平畴无际，几幢农舍，溪边傍，疏林道。

远远绿微葱小，逐缤纷、羊羔难饱。露收尘湿，风吹枝瘦，晨光慵照。春色消愁，鹂音消倦，九霄明曜。问妖娆杏蕊，何时破口，出墙头闹？

鹧鸪天·十三户初春垂钓

柳线莺梭织锦绫，浮烟生气似云蒸。鹧鸪闹静悠幽处，添得春痕入画屏。

晴泛碧，雨苍凝，枝枝淑女玉亭亭。河边老叟抛钩趣，不及垂绦钓水情。

东风第一枝·初春

乍暖还寒，如烟若梦，眼前涌起春律。燕声偶听生疏，莺音久闻熟悉，餐甘饮蜜。微风过，馨香

涂碧；惬意处，倩影玲珑，醉里不分阡陌。

看惯了，漫天雪色，看惯了，漫天雪白，蓦然换了新妆，顿觉爽魂舒魄。纵情歌舞，解衣襟，抱些春脉，手双合，掬点芬芳，填写一章词格。

呼图壁初春

田畴解尽一冬冰，野草微微绿正增。

杏眼开时梅色绝，小桃红艳乍蒸腾。

题呼图壁孟春

绿笼氤氲香若烟，鹅黄初嫩暖风牵。

丝绦俯首垂新碧，春在桃花柳叶边。

孟春

其一

东风昨日扫寒阴，尽是轻衣督促音。

窗外有春眠不得，朝朝早醒满园寻。

其二

弯腰垂柳正梳妆，翠碧昨宵脱嫩黄。

袅娜岂随人意改，声声诵读是春光。

其三

晴和胜日草才茵，暖软风光正可人。

结网蜘蛛心志有，游丝绾住一枝春。

偷声木兰花·呼图壁孟春

桃花又上门前树，傅粉绯红犹簇雾。细雨毛霏，
淡霭轻氤笼翠微。

清溪侧畔如烟柳，深浅鹅黄风作秀。几处蛙鸣，
春满陂塘听小莺。

转应曲·孟春

红杏，红杏，打破隆冬寂静。芳香嫩了春波，
绯红引蝶事多。多事，多事，墙外枝梢艳丽。

鹧鸪天·孟春即目

隐约葱茏陌上些，生机勃勃遍天涯。遥望淡绿
开诗眼，近看微红着杏花。

桃破萼，柳初芽，轻香袅袅暖风斜。时人接踵
游春去，笑语如同雀落丫。

鹧鸪天·呼图壁孟春送目

日弄酥云二月天，东风款款扣西关。昨宵春雨扶新韵，今日残寒解旧颜。

氤缊绻，雾缠绵，半遮半掩太羞然。晴无五日阴三日，最恨青春总不还。

解佩令·呼图壁孟春

呢喃燕语，婆娑柳舞，涨春潮，浮酥生栩。杜宇声声，唤得人，诗情褴褛。数新疏，醉心惬腑。

榆苞鼓鼓，鹅黄努努，杏花香，犹如轻雾。楚楚蝴蜂，一时儿，丛丛红处，一时儿，踏春少女。

春雪即景

败甲残鳞扑满怀，觅香蝴蝶下瑶台。

不知大地花多少，致使翩翩飘下来。

孟春垂钓

半开湖面半开冰，冬迹依稀苫一层。

枯槁菖蒲标浅水，草丛鱼似戒斋僧。

孟春垂纶见燕

桃花信息乍微微，燕子今天试紫翠。

识得林中风物好，来闻馥郁几分绯。

踏莎行·雨水后三日见雪融

洞悉春归，情知雪化，微高纬度冬将罢。梅花
弄影已疏疏，望春枝上馨香挂。

欲减寒衣，几回碧野，长林动问何来暇？只因
汜永不开怀，时而做个东风价！

仲春

嫩绿已参差，轻茵上绿枝。

海棠花共叶，春碧子规时。

仲春

其一

小草参差已绿之，羔羊唯恐啮将迟。

连蹄奋逐青娇去，却看春痕更远时。

其二

田园远望目先舒，阡陌氍毹一画如。

换色林中唯数柳，鹅黄新嫩上枝初。

其三

小桃红过柳条青，拂面东风渐远暝。

淡淡春烟藏翠鸟，忘归行者看长汀。

其四

又是溪渠鲤正肥，黄鹂蝴蝶弄氛围。

春潮带雨桃花丽，燕子衔泥绕户飞。

其五

晷影迁移已孟春，荒原乍醒露青氲。

杨芽努到鹑衣解，绿遍枝梢一树新。

其六

遥遥一目到天涯，宿麦田间发绿芽。

眼底冬痕才散尽，新看亦可作鲜花。

其七

万千杨柳绿垂绦，一抹浮云衬日高。

雨霁流莺初啼罢，鹅黄出浴更风骚。

其八

春痕已上柳梢尖，紫陌蒌蒿芦荻蒹。

流水一溪波淡淡，鸟鸣声里静恬恬。

其九

水入溪流花入春，带开油菜满村新。

缃黄卷帙无穷字，唯有东风读出真。

仲春

昨夜春风绿树梢，林檎夹碧着穹瑶。

柳丝斜里桃红染，榆荚丛旁李白调①。

燕子仄飞呢带涩，鹧鸪远唤调②含潮。

韶光做尽缤纷事，布遍生机作秀标。

【注】①调，音［tiáo］；②调，音［diào］。

呼图壁仲春

棠若胭脂柳似绦，春风二月比并刀。

轻寒杏雨添微冷，乍暖桃烟饰淡醪。

紫燕呢喃新语涩，黄莺啼啭赶时髦。

稻秧初嫩三分绿，鹅鸭池中濯白毛。

西江月·呼图壁仲春

月雨星晴易变，朝寒夕暖相连。黄莺乍啭耳初鲜，啼就芊芽一片。

老去新来乍改，枯衰荣盛依然。杏花香里说春天，燕子云边数点。

江南春·呼图壁季春

风软软，柳依依，无边晴暖劲，春乍上茵稀。田间新麦参差绿，枝罅新苞麻雀啼。

踏莎行·三月九日值雪

软絮如酥，轻寒似帛，潇潇洒洒晶莹璧。琼瑶妩媚秀春初，氤氲竟透冬消息。

乍暖还寒，新晴又浥，银妆素了抽芽碧。年年今日有飞花，偏偏不见蜂和蜜。

赤枣子·暮春

红屑密，翠荫疏，袅袅馨香蝶自娱。只有海棠花意足，散将新馥说春符。

西江月·暮春

细雨稀稀落落，乌云走走停停。林间偶尔啭黄莺，春意不甘宁静。

谢了梅花桃李，添些柳眼杨缨。江南紫燕尚无声，剩得一枝残杏。

蝶恋花·呼图壁暮春

春着一庭新与秀，鸟语参差又把黄昏镂。燕剪垂绦初嫩柳，依依袅袅婆娑透。

细雨绵绵催豆蔻，惹得芳菲点点枝间瘦。绿霭氤氲情韵厚，红烟最数桃花后。

霜天晓角·春晚

春雾收纱，小园油菜花。绿柳垂堤拂水，鱼唼喋，是行家。

椿芽，香嫩佳，竹林笕一些。陌上小秧针叶，前日插，几茎斜。

踏莎行·呼图壁晚春

蝴蝶无邪，蜻蜓不惑，轻飞曼舞悠闲逸，斑斓若许点琼瑶，端倪尽把丹青饰。

燕口消黄，莺歌弄碧，春风已是明年客。执愁来看落花时，一些乱绪真难掭。

帝台春·呼图壁晚春

窗外绿叶，回眸露娇靥。小草渐青，瘦柳生烟，垂杨飘屑，日日韶华竟绰约。海棠馥，白花如雪，趁疏风，缕缕馨香，翩翩蛱蝶。

云叠叠，莺喋喋，闹淡樾，小鹈鹕，听燕侣呢喃，在梁间舌，诉说别来亲切。身上衣裳锦屏艳，湖上晚霞染清澈。对明媚春光，放长歌清越。

调笑令·春晨

窗外，窗外，又是花重柳再！黄鹂杜宇争喧，枝头秀色喜欢。欢喜，欢喜，陶醉春光猗旎。

调笑令·春雨

三月，三月，一片生机勃勃。园中草长轻茵，林间鸟语闹春。春闹，春闹，池畔青蛙鼓噪。

旱情

久旱猖狂间杂风，朝凉午热暑称雄。

半年谁见甘霖雨，可惜农夫一夏工。

题连日大雾

日日朦胧掩蔽楼，低低大幕未曾收！

不知天有几多丑，降下重帷去避羞？

久不晴

阴霾缱绻偶晴和，涩舌黄鹂语不多。

断续鹧鸪鸣远树，云收才好钓西河。

初春

春江水暖否，看鸭即相知。

鱼拥香钩处，不离正适时。

踏春

出墙红杏荷琼花，　蝴蝶飞来蜜蜂加。

直径小园香满袖，　徘徊阡陌麦初芽。

西边跫响鱼惊走，　柳下风无影未斜。

蹀躞寻春还往复，　农夫笑问访谁家？

春事

未谙春事蓦然过，　燕子呢喃叠叠哦。

花蕊只交蝴蝶友，　知心细语说开多。

玉楼春·呼图壁二月二

春风如约呼图壁，杨柳垂垂绦集集。岁时正好作徜徉，无限妖娆无妙笔。

曾经燕子修新碧，却被飞鸿强歇息。今朝龙首已抬头，莫失远青浓与密。

【注】二月二，民间传说此日龙即抬头，意味着春来。

二月七日值雨有作

试问天公着甚魔，　立春三日雨滂沱。

寻常不得东风令，　何故霏霏渐沥多？

采桑子·二月十七日值雨

霏霏雨透春消息，雪意阑珊，雨意阑珊，点点潇酥夹浅寒。

花痕可向何方觅，冬亦蹒跚，春亦蹒跚，无奈梅苞萼尚残。

早春二月

春寒料峭迈还严，雪化融融挂水帘。
似削东风吹面颊，林间察看柳梢尖。

二月呼图壁

二月枯枝柳，鹅黄初转金。
东风才暖软，摇曳鼓春音。

三月八日值雪

六出轻飞曼舞扬，是花却未带馨香。
映梅犹觉人家傲，何故今朝伴女郎？

三月呼图壁

孕育生机草木匀，冰消雪化迓青神。

东风一到呼图壁，但见枝丫挤满春。

春晨远眺

宿麦逢春拔节高，东风和煦醉诗曹。

一晴原野新开阔，映日山巅雪作袍。

浣溪沙·小春即事

紫燕商量春事回，小桃初艳粉绯绯。上滩金鲤
五更肥。

蝴蝶草丛翻彩翼，鹧鸪雨后唤清晖。茸茸碧柳
缕垂垂。

浣溪沙

燕啄芹泥秀语多，莺穿翠柳唱新歌，雨中花雾
两婆娑。

绿满春溪流水缓，红肥桃叶似青螺。闲邀童子
牧雏鹅。

减兰·一枝春

消融残雪，玉损梅花香已脱。只有猩红，诉说曾经一段风。

玉门关外，柳拂长绦芽尚待。一旦春分，醒了鹅黄满是春。

【注】"一枝春"，此处为词题，非词牌的"一枝春"。

初春即景

榆梅点点报缊心，满地荑芽绿半噙。

柳色情知春气足，遥看浑似一身金。

春日

其一

春风操纵发初芽，燕子新来学语呀。

杏蕾不干鹂舌事，香绯一并伴繁华。

其二

一轮轻骑趁春潇，去听喧哗鸟语潮。

不说人间天上事，但言风物各妖娆。

其三

蝶双争去觅繁荣，杏雨催花日作兄。

红影尚留春一半，待将燕子与黄莺。

其四

时晴时雨嫩柔茵，阡陌葱茏满目新。

马首虽低千里志，芦芽再短一枝春。

其五

丽日寻鱼碧水澄，昨宵解冱已无冰。

春风不肯过桥去，只在湖中作浪兴。

醉太平·春日

青春丽初，柔和正涂，妖娆楚楚娇奴，露销魂艳符。

温馨若无，芳心淡疏，分明灿烂如酥。令诗翁欲扶。

行香子·春日即兴

风始催春，雨霁清新，嫩芽草茁壮青茵。杏残香在，柳曲黄蓁，正花儿香，蝶儿乱，鸟儿频。

门前碧绿，户外氤氲，满地是粉屑缤纷。枝头拥雪，叶底藏缬。醉此番情，此番景，此番痕。

卜算子·春意

晴也不曾晴，雨也无从雨，整日阴霾雾霭中，薄薄轻轻暮。

疏柳又鹅黄，飞鸟林间语。泛碧枝头绿尚微，醒目黄金缕。

早春呼图壁

新芽还在萌发时，便有黄鹂悦耳余。

婉转几声啼绿色，繁荣还待燕子梳。

早春

其一

雪软方知春已进，鬓皤陡觉岁余贫。

无人知是梅花引，尽道功劳有燕因。

其二

又见芦蒿三五芽，背阴残雪露斑些。

无渐溪水微微动，断定雏鱼故弄花。

其三

东风勇破旧年冰，大地苏醒物象腾。

尽是梅花开后事，换回春色一层层。

思帝乡·春韵

心怡，满园春色宜。杏了李花如雪，碧参差。金缕渐肥增绿，垂绦燕剪时，青帝送些新韵，却难诗。

早春即事

又是园庭洒满阴，枝头新嫩渐增深。

宜人三月晴和好，隔夜春风绿一寻。

西江月·春晨踏青

梦被黄鹂啼醒，愁因绿草匀轻，窗纱未蔽恼人情，一片春光透影。

树上杏花粘蝶，庭中柳叶藏莺。只因声色睡不成，拾径小园观景。

鹧鸪天·踏青歌

鸟语如潮闹树丫，微风织锦纺云纱。烟笼嫩柳犹仙境，馥染丁香拟桂花。

蜂楚楚，蝶些些，茸茸麦毯立新葭。乡村四月丹青画，白鹭飞回破碧瑕。

春日即目

林檎花下说蔷薇，上嫩葱茏露翠微。
袅袅馨香飘散去，在心还有数芳菲。

春日即景

桃花三月好宜人，丽日融融处处新。
吹面暖风杏香雨，但见生机不见春。

塞北春序

故国时章各一些，边疆先发绿柳芽。
春风未蹈江南辙，不上桃花却杏花。

丙戌季春十七日夜咏月

春月当空几点星，夜深天籁带寒鸣。
不知世上缘何故，但爱中秋一片明？

呼图壁季春

其一

枯草新芽崭露尖，三分春色七分眠。
田间微绿谁知早，只有农夫识得先。

其二

小小青尖点麦田，新芽初嫩绣春天。
三三两两争先出，深解农夫盼富年。

季春

红杏枝头绿尚微，桃花心事有谁窥。
芳菲不识春归径，却向林间问子规。

晚春

景色初成入满窗，翩跹蝴蝶影双双。
飞来紫燕巢新砌，带得南方一口腔。

春光好·晚春吟

花事了，鸟还窝，暖风和。竹笋初生新雨后，满山坡。

溪纳春深辗转，柳悬碧叶婆娑。入耳黄鹂音袅袅，纵情歌。

菩萨蛮·呼图壁晚春即景

丛丛芳草茵茵碧，浓浓密叶栖幽谧。迢递送啼呼，声声传鹧鸪。

杏花园内了，墙外馨香袅。垂柳作相思，思心谁又知？

暮春初

柳绾鹅黄未绿时，依依绰约挂金枝。
欲将瞥花诗中掇，却恨胸无点墨词。

暮春

青蛙鼓出一湖春，漾起清波别样纯。
紫燕斜飞传闹幕，重温那份故乡亲。

题暮春海棠林

曾经熟悉海棠奢，蓦地不从春一些。
遥看满身疑似雪，过风才识是香花。

暮春雨后

物新如洗未曾斑，一派葱茏绿满山。
白鹭无知污画卷，误将身色破中间。

暮春残红

一点残红犹恋春，香消韵损绿茵茵。
葱茏也是无情客，只顾繁荣漠视纯。

暮春见雁

残冬才别绿初含，辽阔长空雁阵嵌。
惊悸未平疑惑重，莫非方向错东南。

晚春

看罢开花看落花，只因田亩已披纱。
红烟尽被春风损，却孕明年枝上芽。

春雨

春雨潇潇催雪化，寒烟脉脉笼杨林。

柳芽新长抽声细，却被诗家听出音。

如梦令·初春夜雨

昨夜雨疏风瘦，簌簌雪花飘又。屋下滴声频，

惹得半床斜就。难受，难受，正是闹春时候。

蝶恋花·谷雨后三日大雪

树上梨花疑似蝶，飘洒馨香，风过纷纷屑，满

目盎然春意叠，几人猜测黄鹂舌？

天上梨花开四月，不透芬芳，却是潇潇雪。共

济繁华堪一绝，新来燕子谁家歇？

春风

明知绿色尚无痕，却听轻飔动院门。

疑是春姑来入户，与翁共捉小诗魂。

春燕

柳色初缣乍短长，燕莺梳理恰忙忙。

未饮杜康人自醉，枝间术语怎能章？

春燕

重茸芹巢燕乍归，寒暄时刻道久违。

开唇隐约江南语，剪尾依稀雨后飞。

羽下春容梳柳绿，身边丽色染桃绯。

心图一派繁荣景，不在深秋说是非。

春柳

俯首含胸谦字妆，人先微绿我先黄。

一风流过通身畅，极尽婆娑醉舞狂。

春桃

缕缕清香扑鼻些，堆云笼雾不风斜。

来人误作炊烟认，一树氤氲却是花。

春韭

昨日输于今日新，霏霏春雨倍精神。
怕沾妖艳招蝴蝶，碧舍青园第一茵。

春秧

稻秧青碧万千如，浅浅田中立瘦株。
一缕小风阡陌过，叶尖蘸水洗心酥。

春日咏雁

夜幕低垂雁过身，顿生疑窦问红尘。
明明宿麦苗茎嫩，如何春日作秋宾？

春雪

东风带绿著青纱，蓬勃生机秀嫩芽。
疑是杏梢香送晚，龙鳞玉甲故飞花。

谷雨后三日大雪

草露生机树吐芽，几株增色几株加！
不期昨日纷纷雪，点缀林间一束花。

采桑子·清明踏青

阳春三月柔情日，天也晴和，风也晴和。放纵明眸好唱歌。

白云舒卷悠悠态，田野张罗，水面张罗，草色遥遥翠不多。

四月十五日值雪

春雪鹅毛一并同，风光不似去年冬。

飘扬漫舞传飞白，落定乾坤却失踪。

【注】飞白：一种特殊的书法，笔画中露出一丝丝的白地，像用枯笔写成的样子。

四月十六日东风有作

榆梅带赧嫩茸茸，久看如烟簇簇红。

隔夜一身披粉雾，也来今日趁东风。

夏初即兴

费尽春光榆叶梅，招来莺舌噪声肥。

可怜香到收残处，好看云端燕子飞。

五月边陲

五月边陲适稻耕，青秧插出一方枰。
破烟白鹭凌空过，察看农夫喜悦情。

端阳日大风有作

风闯柴门书页翻，动身杨树破窗喧。
翠枝阵阵说长夏，满口青青是碧言。

喜迁莺·小满即事

初绿嫩，老枝新。酣睡醒清晨。鹧鸪鸣彻乍晴云，惊散梦春魂。

呢喃燕，声委婉，惹得子规频唤，海棠花畔蝶殷勤，红屑落纷纷。

孟夏

紫燕呢喃说长夏，青蛙鼓噪道丰年。
一湖汹涌奔腾雪，满树婆娑缥缈烟。

行香子·呼图壁夏初漫兴

初蕊红檎，嫩叶青荫，杏花了燕语新临，蔷薇带露，芍药沾霖，问春潮远，春潮近，正春深？

低吟浅唱，才醉还斟，穿梭客脚步骎骎。妖娆过尽，遇着知音，受十分情，十分意，一分心。

夏日田园

放眼田畴一望平，近看如弈远如枰。

轻风习习千重浪，蝉柳悬丝作钓营。

仲夏农田见鹭

六月平畴碧似纱，诗家眼力竟然差。

遥遥一对痴情鸟，误作田间两朵花。

【注】"农田"，属十三户二组所有。

仲夏晨即景

直腰芦苇没人颠，一望平畴不露阡。

最是林中缥缈缕，绝佳风色属炊烟。

乙未夏十三户二组阴沟见水鸡

出没芦丛隐蔽巢，红冠一点黑征袍。
三两雏鸡游过水，轻轻断续不声高。

【注】"阴沟"，是本地人对渠的俗称。

夏至

中兴至极渐衰亡，休道炎炎三伏长。
莫看鸣蝉声得意，一收一喋一寒凉。

小暑节令

入暑秋边夜裹衾，几分寒雨冷侵侵。
午间还得摇团扇，落日西瓜不敢噙。

处暑日暮

五彩斑斓日暮夕，晚霞万丈布珠玑。
不知乳燕何时剪，锦缎云裳作嫁衣？

青玉案·处暑雨

一分秋色纷纷雨，数不尽、凄和楚。不定阴晴
迁喜怒，倚窗侵月，寒氛入户，带得愁和苦。

云天隐隐丝丝絮，满是连篇断肠句。惹起层层惆怅绪。不堪回首，几重差误，那个登高午。

【注】处暑，是二十四节气之一。

钗头凤·呼图壁高温

常常有，今年久，燥风吹得乌云走。寒凉月，阴森灭，湿衫如贴，出炉烧铁。热！热！热！

婆娑柳，长绦首，不曾摇曳纤纤绺。平时物，枯枝突，瘦身无色，翠华成骨。叶！叶！叶！

凤栖梧·呼图壁末伏

雁写长横寥落字，嘹唳声中。了断曾经事。怕听寒蝉鸣一次，连连便又成篇是。

井畔梧桐新落地，浸透枯黄，片片轻轻至。深恐惊醒除下士，啾啾蟋蟀斜阳里。

【注】末伏，指立秋后的第一个庚日，是最后的一伏。通常指从立秋后第一个庚日起到第二个庚日前一天（共十天）的一段时间。

一剪梅·咏秋

玉簟何时悄悄收，山雀开喉，归雁开喉，寒凉渐次袭南楼。鸟也啾啾，虫也啾啾。

井畔梧桐又一稠，惹乱闲愁，搅乱闲愁，那堪
萧瑟久凝眸。零落交揉，惆怅交揉。

采桑子·秋意

寒鸿不是留青主，蟋蟀声声，落叶声声，草木
枯黄渐谢荣。

晨昏凉意新明显，花也飘零，雨也飘零，霜露
枝头颜色明。

立秋

其一

韭苔一出届时秋，末伏萧哀九夏休。
嘹唳纵然遥雁阵，长征一始燕声收。

其二

西风有字不能书，卷尽葱茏万木疏。
雁阵行行嘹唳写，落萧又是一庭除。

看秋

一庭秋雨一分寒，子影归来独自看。
恐醉湮愁重带起，故调平仄遣宵残。

阮郎归·秋雨伫立荷池

西风斜雨带寒来，萧萧叶满阶。一枝红艳秀如钗，韵犹未尽开。

稀燕子，重阴霾，雁行阵阵排。天边嘹唳过墀台，那堪菡萏哀。

初秋

其一

小寒初切钓翁肤，秋意新来草未枯。

乳燕依稀飞贴水，不知黄口可消无？

其二

欲阻秋天一束寒，莫教阒寂倚门单。

昨宵把盏梧桐雨，滴到清晨竟未干。

其三

似箭光阴荏苒飞，长鸿新带子南归。

初寒又带杀青剑，削尽葱茏翠碧闱。

初秋闻雁

七月余温也似烧，藤床缠绕树间摇。

浓荫残透秋阳缕，未蔽成行雁阵嘹。

初秋日田畴

焦枯棉叶现黄残，挂果番茄遍地丹。

露重新知秋已近，水深犹觉钓鱼寒。

最高楼·故乡情
——呼图壁初秋

秋乡里，无处不金光，风景任徜徉。村姑棉海镶花絮，农夫阡陌割芳香。喜洋洋，飞笑语，醉心肠。

唱一句，绿山翻秀曲，道一句，碧溪翻秀玉。西瓜熟，麦田黄。长杨滴翠流神韵，海棠着粉绕村庄。最难忘，如此景，胜潇湘！

【注】笔者在新疆长居近50年，于呼图壁居住近40年，故视为"故乡"。

秋日田园

四野风光一望收，农夫笑稔语金秋。

囤将稻麦齐仓廪，获却瓜棉比阁楼。

落照炊烟翁妪火，夕霞池岸鸭鹅悠。

通衢阡陌群羊足，夜垦平畴奔铁牛。

浣溪沙·早秋

小径蒿莱已近柴，葱茏渐了绿行差。怪谁多事乱调谐？

紫燕渐稀无语去，寒蝉断续有声来。斜阳暖软过墀阶。

调笑令·秋柳

秋柳，秋柳，绰约娴姿最久。归根落叶同僚，西风碧玉曳摇。摇曳，摇曳，萧瑟丛中绿意。

临江仙·暮秋

呵气频频交措手，晨珠已结轻霜。征鸿成字夜行忙。几声嘹唳色，风物又苍茫。

蟋蟀收鸣栖洞穴，燕儿离去空梁。纷纷落叶坠枯黄。晴和虽照好，无处不寒凉。

眉妩·孟秋田园即景

望橙黄金似，碧绿烟如，阡陌酿收获。稻穗悬珠颗，风微过，氍毹轻浪频数，弄些绰约。对对飞，雏燕低掠。隔田埂，玉米葱茏著，或缃翠交错。

盘托，葵花开扩，任蝶来蜂去，垂首倾萼。野草凋零里，棉铃破，皑皑新絮开铎，半花半壳，抵地边，林外收脚。看丰稔年光，陶醉了，汗珠落。

渡江云·暮秋即目

西风重又起，露霜曲进，燕子已离门。乱莛凋败象，息了蝉鸣，蟋蟀叫纷纷。天空偶字，写苍凉，鸿雁群群。嗥唳色，悲生凄发，不惯使人闻。

萧痕。鸦声断绿，雨幕催寒，叹繁荣一瞬，才揽得，游丝飘忽，无处安身。如何打发徘徊绪，那几个，秋后黄昏？聊赖里，长长送目烟云。

仲秋杨

轻霜淡抹出辉煌，露重寒凝叶转黄。
一泻晶莹浑似玉，风流妩媚数长杨。

仲秋暮即目

霜后槐林锦簇花，风骚未肯逊春芽。
不知杜子吟枫后，更有谁人敢乘车？

蝶恋花·晚秋

游丝软系炎炎夏，难绾骄阳，日日西偏下。燕
子行踪空旷野，匆匆离别主家厦。

镇日秋风摧木谢，傲骨黄花，不耐青霜打。浊
酒三杯灯里把，谁堪对影知心话？

一剪梅·仲秋

高树经霜叶自橙，憔悴轻轻，妩媚停停，秋风
何故萧萦萦：写尽狰狞，断尽繁荣？

天上阴氛欲覆晴，雁字难铭，凄字难形，征鸿
留去为谁行？许是因青，或是因情？

暮秋

长空有字雁群修，识得声腔念作秋。
怕读凋零寒瑟瑟，偏逢漂泊积深愁。

晚秋芦荻

获花添重纵低头，傲气昂然看晚秋。
任便鸿飞南向去，枯黄风物也风流。

秋景图

渐见枯黄草木施，沧桑灼灼一收之。
棉桃开到花如雪，正是长空雁叫时。

秋耕

玉米登场淡淡香，棉花雪白手新忙。
铁犁奔走犁翻浪，备份明年稻谷黄。

秋日写真

肃霜渐次到人间，多染橙黄少点丹。
另是一番新气象，谁人不说是斑斓？

秋日即事

金秋收获在畦田，玉米归仓又摘棉。
更有铁牛耕沃野，满怀希望寄明年。

秋日即景

游丝软系暖秋阳，费尽心机无限长。

动得可怜张网计，捕到寒来一地霜。

卜算子·呼图壁秋日

秋雨入黄昏，暮断寒风袭。膝痛遥知雪欲来，独自生悲戚。

烛炧不禁吹，华发潜时白。历尽艰辛把钓竿，但看盈和昃。

相思引·呼图壁秋日途中即景

水波平，湖面静，遥远鹭鸶双影。凋碧蒹葭新立挺，只有枯黄梗。

燕子已稀鸿雁劲，几叶落桐枯井。昨夜梦中依旧景，寥落凄凉醒。

瑞鹧鸪·秋日田园即景

一天辽阔雁初征，秋日寒威势尚轻。平顶稻秧黄有碧，大冠菘菜翠含青。

棉铃破铎初怀絮，玉米藏珠半披琼。鞭响夕阳催牧犊，曼歌腔里喜盈盈。

秋日桃花

待放桃花蓄到秋，中间多少苦和忧。
只因怕适芳菲境，宁可凋零不瓦求。

秋日即景

其一

秋意深深深到今，枝梢树末已萧森。
纵然遍地橙黄色，可惜辉煌不是金。

其二

雁带长横一字飞，绕梁乳燕已难窥。
西风不解游人怨，挤进蒹葭瑟瑟吹。

其三

墀下声声蟋蟀厌，蜘蛛结网挂廊檐。
潇潇秋雨连三日，却碍农夫动麦镰。

秋晨即景

异样余情雁影侵，霜风簌簌过杨林。
纵然二月花如锦，也逊深秋一树金。

深秋题街头大丽花

街头一朵迷人丽，耻笑秋风不杀香。

人道菊花多傲骨，吾身亦可挺清霜。

秋日田园即景

正是新秋不觉凉，金风时节又穰穰。

挂铃棉铎噙清白，悬穗稻珠透浅黄。

蓊郁葵花倾萼托，葱茏玉米解衣裳。

田氲淡笼缃绯色，人在丹青画里忙。

秋钓

远山绰约映平湖，野鸭犁波带幼凫。

风细粼粼秋水碎，钓翁新破镜中图。

秋钓过田畴

朝露匀匀草上铺，渔翁过却记行符。

久违田野葱葱绿，稻穗新抽一串珠。

秋钓

其一

掷收频数钓波临，长短图谋不在擒。
风过无须愁障目，平心静气看浮沉。

其二

抛投希望入清波，竿竿坠落不偏颇。
雁声做尽寒凉事，指使鱼儿闭口多。

秋日休闲

怕对空庭一院嗝，只身车骑向清湫。
苔丝欲绾溪流水，却碍渔翁钓晚秋。

中秋

姹紫嫣红桃李色，氤氲馥郁献中秋。
人间敬谒云边月，但愿家家绽笑眸。

调笑令·中秋夜月

圆月，圆月，洒下幽幽暗樾。朦胧一片晴窗，
樽前酒后夜长。长夜，长夜，更忆那方巾帕。

相思引·中秋

雨潇潇，风瑟瑟，星暗阴云浓密。惆怅声中兼叹息，凄冷如何敌？

今夜玉轮天水涤，旅客却还游历！多少家人齐聚一？谁落飘零泣。

水调歌头·度呼图壁第二十八个中秋

黄蕊萼包裹，雁阵拟征途。不知飞燕何日，离去作稀疏？骋目秋高气爽，回首寒来暑往，镜里鬓霜涂。漫漫咀萧瑟，怜齿已龃龉。

嫦娥恨，苏子问，最难除！陶公情结，当与悲愤愤蟾蜍。看惯阴晴圆缺，经历悲欢离合，阒寂听更夫！只有无由泪，湿了一诗书。

重阳日登云桥

甲午年重阳日阜康诗友赵丽允诺乙未年重阳日与呼城诗友共聚，然，因故缺席。是日，呼城诗友颇感遗憾。感此以记之。

云桥重拾级，诗友又登高。
玉槛存温润，金风拂白毛。
茱萸留一处，美酒礼三遭。
相看余虚席，明年添巨毫？

重阳日即景

又见枝头缀满金，秋风新动瑟森森。
雁声虽在云天外，嘹唳长空却入心。

重阳即兴

野趣重重秋已梢，骚人发轫到东郊。
葡萄架下青葱落，黄菊篱边白色交。
耒耜横陈杨叶坠，羊毫挥洒字词敲。
风光饱览成深醉，战罢觥筹箸夹肴。

【注】"东郊"，指小土古里。呼图壁县有两处土古里，一处在二十里店镇，一处在大丰镇，以大小加以区别。这里是指二十里店镇土古里。

采桑子·重阳

暮年不似青春岁，风也行过，雨也行过。风雨途中一路歌。

茱萸插到登高处，来得蹉跎，去得蹉跎，来去蹉跎又奈何？

初冬垂钓呼河

三三两两赋闲郎，散布河滩面向阳。
宜趁初冬天气好，抛竿岂止钓寒凉？

乙未年仲冬眼底镜检查

平常细察只因诗，今日难堪为就医。
怕有行家窥到底，中间多少是奇思！

夕霞

熔金落日铸红笺，一片辉煌万里燃。
试问琅嬛谁不慎，打翻朱墨染西天。

夕阳送目

袅袅炊烟散树林，淡蓝夹杂噪巢禽。
斜阳乍落留余色，染得穹庐一片金。

落日

落日衔山不力噙，残辉耀幕染黄金。
崦嵫未闭门窗密，泄漏余光射月阴。

雪

碧树梳成别样髻，镶瑶嵌玺换新娇。
琼枝映韵撩轻舞，玉叶浮神放透娆。
不惑出门堆壁垒，及竿绕户做冰雕。
天然处处生诗色，费尽时人着意描。

融雪

雪融泥土湿还肥，草色初生绿作徽。
春路还须蝴蝶引，晴和暖煦带香微。

落雪

六出闹繁华，铺天盖地花。
不闻香馥郁，人人披戴纱。

雪

其一

玉甲龙鳞六出花，不知筋骨自谁家。
银装素裹乔霄汉，织就山河锦绣华。

其二

昨日猢狲不耐熬，闲来无事理鹅毛。
漫天尽是羊膻味，洒落人间却失骚。

第四篇　西域情怀

凤栖梧·西部开发放歌

瀚漠深深深几许，一望无边，小道羊肠路。遥想张骞西使处，阳关曲尽行人苦。

塞北新新新国谱，伟略宏韬，开发朝西部。敢问昭君何所步？早来只恨时空误。

鹧鸪天·兵团五十年记

风雪嚣张锁玉关，王师轻骑踏天山。雄心下定修荒野，赤胆生成斗苦艰。

餐露地，宿莽原，乾坤扭转换新颜。春秋五十回眸顾，不亚江南鱼米川。

【注】"兵团"，是指新疆生产建设兵团，属国家建制，下文的"屯垦"也是指此。

如此江山·屯垦赞

王师轻破天山路，戍兵未闲盔甲，日夜耕耘，星光戍守，戈壁英姿纷沓，蒹葭做榻。任炎暑狂摧，汗流双胛，凛冽寒风，笑他玉帝乱摇篦。

披星戴月数载，把江南景色，西北融洽。万里平畴，千层麦浪，更有鱼塘鹅鸭，粮仓比塔！对开发机缘，健翎新插，奋翔征程，又青春再飒！

贺呼图壁诗词学会成立

其一

几憾畿郊一角空，身心不力两图穷。

孔兄欲望风靡日，却问谁人务此工？

其二

簪菊重阳聚叹嗟，喜缘沃土发新芽。

童颜皓首齐添力，但愿文坛处处花。

【注】呼图壁诗词学会成立于 2002 年 10 月 14 日，是新疆境内唯一县级诗词组织。

春风袅娜·贺呼图壁诗词学会成立周年

　　看天山山下，准噶盆边，歌婉转，曲骈阗，树吟旗一帜，对风招展；筑坛翁媪，心念坚磐，热血如丹，豪情如铁，志在讴歌昌盛年。恰适神州展长翼，焉能无咏唱心欢？

　　遥想当年塞外，春风不度，有谁见，国粹兴澜？多戈壁，少膏田，疮痍满目，砂石成滩；战火连绵，燧烽烟袅，辘声凋敝，史薄文单。而今时代，正中华圆梦，全民勠力，谁肯安闲？

昌吉州诗词学会成立致贺

　　庭州暖暖动人心，绵亘天山奏籁音。

　　结社传承文化志，同觞一举续哦吟。

　　【注】昌吉州，古属北庭所辖。昌吉州诗词学会，正式成立于2011年。

《龟兹诗词》创刊 100 期感赋

　　久闻关外美名堪，壁画丝绸两可眈。

　　羌笛一声吹塞北，胡杨千载誉江南。

　　诗刊卷卷难松手，名望人人可点颔。

　　白浪河边飘锦帜，当书几笔再花篮。

　　【注】《龟兹诗词》，是阿克苏地区诗词学会会刊。

入天山

山风凉爽惬悠悠，快意怡然别样稠。

胜似闹帘摇玉扇，纵然日出也清幽。

观张宗栋先生书

点横撇捺似蛟龙，形意骈阗骨肉丰。

叠叠涟漪铺淡雅，丝丝秀气透葱茏。

凛然阵势雄寒柏，卓绝威风挺劲松。

拙朴无华功力极，毫端风范袭遗踪。

摄影作品《秋日》

架上葡萄脸上花，提将硕果向人夸。

曾经汗水何须问，串串珠玑媲美瑕。

【注】该幅摄影作品为呼图壁无名氏所摄。

观陕江先生作《荷花》

心中点墨案几前，涂染层层断续连。

一袭蜻蜓才落定，为寻花气立香边。

【注】"陕江"，即张陕江，呼图壁县私营企业业主，笔者友人，擅国画，好摄影。

家风（夜幕重重锦帐垂）
——题王志英剪纸画

夜幕重重锦帐垂，窗前动问读书为？

谆谆教诲轻收语，细细聆听紧锁眉。

名利如云休眼着，沉浮似雾任风吹。

宜将本领兴邦国，勤俭持家不吃亏。

【注】王志英：女，汉族，长于剪纸，为笔者友人。

扬场
——题昌吉州摄影家作品

春种秋收事事工，稻粱坪上趁微风。

轻扬满是耕耘获，喜悦绯绯映彩虹。

【注】"扬场"，农业现代化之前的一种农事，利用风力吹掉谷物、豆类等的壳和尘土，分离出干净的籽粒。

牧场迁徙
——题昌吉州摄影家作品

雪霁晨曦牛系铃，匆匆行色上新陉。

陡然昨夜寻思起，山外留余满地青。

【注】牧场迁徙为呼图壁县境内哈萨克族人的生活方式之一。

秋日
——题昌吉州摄影家作品

深秋九月辣椒红，姐妹村头约一同。

家家都是丰收景，晒罢耕耘告别穷。

题刘元先生所摄《天山赤染》

猢狲踢倒丹炉后，致使天山火样烧。

假扇原来无法力，至今灼热未曾消。

题赵磊先生所摄《杏花飘香》

杏雨氤氲妙曼和，风华少女画中过。

轻轻脚步惊花落，曲带清香又一波。

题邢怀华先生所摄《风雨夏尔西里》

黄花入目远镶云，翠碧浓浓浸染熏。

直到长空容不下，一片霏霏播绿雯。

【注】《扬场》《牧场迁徙》《秋日》《天山赤染》《杏花飘香》《风雨夏尔西里》为昌吉地区摄影爱好者的摄影作品，已经被收入《丝路新疆·幸福昌吉——昌吉回族自治州老干部摄影家协会首届摄影展作品集》。

题石膏粉

友人之子在达坂城乡办一石膏粉厂，应邀赋诗。

不惯人前空慕名，浑身洁白古来清。

行将粉饰非攀比，留得心怡好养情。

题李春生先生工余事稼穑

工余田里动农锄，弓背辛勤植菜蔬。

待得时来新长就，但求美味玉皇如。

【注】李春生：男，汉族，辽宁人，长绘画、好书法，职业律师。笔者呼图壁的友人。

题网络照《谁打翻了春天》

瓦罐盈盈鼓鼓腰，情知满腹是妖娆。

猎奇小子未留意，碰倒山花遍地娇。

题甄梅《天池雪照》

雪霁晴空天愈蓝。湖平如画写仙函。

时人不解神书字，把玩诗余作美谈。

【注】甄梅：女，阜康市人，摄影爱好者。

题陈新文先生所摄《欲向荷花语》照

巢砌枝梢草作家，芙蓉清洁质无暇。

寻芳本是蝶儿事，鸟采荷塘一朵花。

【注】陈新文：昌吉市摄影爱好者。

题王华都先生手机所摄照片

老叟扶梯劲上房，顽皮仿学少年郎。

天边一抹辉煌色，深问朝阳或夕阳？

星汉先生《天山韵语》读后有作

天山韵语尽豪吟，写出边陲特色音。

不敢恭维抛媚眼，诗中字字是真金。

【注】《天山韵语》，为星汉先生诗词著作之一。

仰望长空喷气式战斗机

蓝天书大字，铁翼画宏图。

卫我长空土，雄浑万里殊。

戍边感怀

——代友人作

满首青丝两鬓秋，征人戴甲未回头。

戍边只为家家乐，著苦荆妻我自羞。

【注】"友人"，曾为笔者同事，来自陕西米脂，戍边于昆仑山三载有余。

雄鸡

喔喔清晨啼早霞，昂头傲视树林鸦。

寒星初落翩翩舞，一袭衣裳气自华。

闲题

三月晴和丽日催，东风带绿上新梅。

诗潮更比春潮急，随与花苞一并开。

题诗家严翁承鑫小院

市廛寻得一方恬，返璞归真今古兼。

任便淘金风浪起，柴门深掩自甘甜。

【注】严翁承鑫，为作者友人。"翁"为尊称。

接《世纪园解说词》后失眠有作

月已西斜睫泛酸，心中无谱构成篇。
广寒素玉清辉极，谑笑才疏字不娟。

搀扶老妪过雪街

高声振聩靠边排，搀媪随余过雪街。
挽臂形同亲母相，行人注目论吾侪。

宠物者

颓废精神过客多，横流物欲似妖魔。
仅将兴趣投猫狗，打发时间渡奈何。

城市牛皮癣

斑斓角落尽沾涂，屡擦肮脏痕迹无。
行径光明晴昼隐，何时浊渍不留污？

上马

远去行程料定辛，风霜雨雪构成因。
谁能揩尽分离泪，上马还需送别人。

【注】蒙古族送行，有饮"上马酒"的习俗。

家风

有道谦谦贯古今，谁知已薄少年心。
寻询华夏何为本？一袭家风抵万金。

斥制假种子者

饕飨餐食本于田，稼穑无收命一悬。
敢在苗头动邪念，凌迟车裂暴尸天。

亲家离疆饯行辞

千里迢迢为看山，频频车驾绕奇弯。
清湖瞻后不临水，带走新疆美誉还。

知青下乡纪念日有怀

遥想当年四学生，各怀无奈远离城。
径庭家境殊途一，多少蹉跎数不清。

抒怀

仲尼思想数千年，有礼彬彬出圣贤。
文庙一从摧毁后，频频浮躁废农田。

于细微处见精神

当从小做莫生贪，虎背羁留入淖潭。
在象蛇心留笑柄，寻花蝶性受飞痰。
海宽源自涓涓水，帛锦成因缕缕蚕。
集腋为裘从细捡，休嫌点滴细精探。

自况

我与天山一样如，白头岑寂漫长居。
浮名热烈同流水，沧海轮回似废墟。
任便风霜能冷热，闲看草木可萧疏。
嶙峋屹立待攀者，甘愿坚肩做轿舆。

岁末得律

攀富贵，心累；慕权力，神累！涉一足人生大道，健康第一，才学第一，勤奋第一，心胸第一。虚以为怀，君子气，质地高优才子气。至若参透此理，大器者也。有诗曰：

人生一履百年余，质惠灵通应读书。
腹有才华堪美慕，心无志向愧阃阃。
因钱失向前头暗，被物迷茫脑壳虚。
勤奋自韬从小始，好高骛远败于初。

忆萝月·春日呼图壁遇友人

困人天气，睡意蒙眬试。草色遥遥涂蒽苡，多少东风谁计。

添长暑影瞳瞳，黄昏立尽云彤。昼午千思万想，不如梦里相逢。

蝶恋花·赋手机

鸡犬相闻千万里，不是谣传，不是虚无戏，却是如今科学器，手机轻巧随身配。

遥想当年鱼雁字，满纸乡情，声色无从寄。慢把相思归梦呓，醒来依旧潸潸泪。

感皇恩·闻左汉文先生筹划个人作品集感赋

斗室弄羊毫，豪情坚毅，秀字淋漓泻来势。龙蛇过处，透出一些灵气。滔滔铜臭浪，谁图此？

未易胸怀，难移壮志，雨雪风霜不曾计。墨香一管，留得砚池三四。如今结集近，了心事！

【注】左汉文：男，汉族，呼图壁县人，当地知名书法家。

沁园春·采风行吟

天幕开帘，雪岭晴岚，雀语闹谈。趁车行荫翳，风驰电掣；心潮滚滚，澎湃掀髯。万亩畦田，一方热土，敷粉施朱已再三。经营处，绣纵横罨画，景丽图蓝。

非凡可比江南，注无限深情到笔尖。耒林深粮硕，通衢交错；红檎白蜡，杨柳云杉，棚户柴扉，高楼广厦，昔日平畴科技监。时光好，这小康生活，谁与平添？

【注】2012年5月县委宣传部组织前往大丰镇采风。

金缕曲·闻张宗栋先生应邀出国行医赋

荏苒时光掠，倚寒窗，潜心一角，乱红频数。希冀尘寰都无病，何惧门庭冷落。望问切，丝丝脉络，诊断无疑新配剂，为呻吟痛楚施方略。客不顾，我才乐。

华佗扁鹊孙思邈，杏林中，未停拼搏，奋然求索。医手回春难名与，去了些微羸弱。闻讯者，纷纷移脚。叵耐人生难寂寞，对生灵有恙当除擢，虽卸甲，又操作。

第五篇　纵情一赋

马桥古城赋

得得马蹄，频频战火，难民无数，东藏西躲。沙漠边缘，筑墙避祸。乞讨偏安，丰衣硕果。家丁护卫，马桥如锁。

君不见外敌内奸同蹂躏，国无宁日家无顺。一隅如何敌马蹄，民生民瘼莫若泥。短暂平安终打碎，学功且战还且退。从此寥落一城池，风吹日晒终荒废。

时光荏苒兮，虽日月熠熠，难补残垣城堡之缺；

壁垒森严兮，虽全民皆兵，更哪堪猛虎豺狼交虐；桥可御盗兮，虽沟壑险阻，怎敌他匪寇沆瀣剑戟猖獗。板荡纷纷兮思安定；剑戟镞镞兮抗外贼。

而今我立其城阙兮，被稀疏之芰芰，想硝烟之袅袅兮，任大漠之热风吹拂，如听觱篥笙箫之凄凄，犹闻抗敌之强音，沙场之鸣镝。

呜呼，熄烽烟者远比燃战火者众，向和平者便是恒久之梦。奈何终归邪不压正，恶不压善，天下与共！

【注】《呼图壁县志》记载："马桥子，位于县城北部偏西90公里处106团场的马桥河岸上，古尔班通古特沙漠南缘。清同治年间战乱，汉民在徐学功、高克武带领下，在此筑城自保，河上架小桥一座，仅可供一人一骑通行，故名马桥子。它建于清同治四年（1865），系民团统领徐学功率领的民团，为保护难民防御和抗击阿古柏、妥得璘的进攻而修建的。光绪三年（1877），清军驱逐阿古柏势力后，民团撤离，难民陆续返回自己的家园，马桥子城逐渐被废弃。该城南北长350米，东西宽170米，城墙高3米余、厚2.7米，在土夯墙上面有土块砌的女儿墙，高0.7米，城有南北二城门。今城墙尚完整，城内房屋全毁，但房屋坍塌的痕迹尚存，城中有南北走向6米宽的街道1条，东西走向的小巷数条。该城西北方向不远处另有一城，南北长195米，东西宽170米，墙高4米、厚2米，四周有护城河。"

呼图壁世纪园铭

南倚天山，北临盆地，东望博峰，西达伊犁，丝路之要冲，亚欧之腹地，世纪园便坐落于物华天宝人杰地灵的城池。

启凿于2004年暮春，敛锤于2007年熏风，一泓泓粼粼的碧波潺潺于耳，一路路辚辚的车辆滚滚如潮。拾级"登山问水"，俯瞰全貌，"中华往事"之厚重，"祥龙唤雨"之玲珑，"沁春湖"之明鉴，"倾心岛"之缠绵，"博物馆"之凝重，"网球场"之潇洒，一览无余，目不暇接，不禁唤醒隐隐的童忆，勾起遥远的遐想，回味漫漫的曾经。

此园，镂人文地理于一隅，构祥和现代于一陬，以人为本是其宗旨，造福于民是其主流。绵绵琴瑟有如高山流水之舒缓，闪闪霓虹仿佛翡翠交辉之锦绣，一束束姹紫嫣红，一缕缕妩媚娇柔，天宫逊色，紫殿蒙羞，乃是集古老文明典雅之深厚与现代文明科学之大成，敛视听恍如梦境，行声色疑是幻觉，更是边陲小县之独有。既可窥见古典园林之端倪，又可饱览现代景观之一窦。

飧餐果腹，挽佳人之臂，应朋党之邀，携天作

之侣，趁轻风夜月，拾径此园，无须指点，个中滋味耿耿于怀，萦萦不散。

嗟呼，不虚此行！

亚细亚饭店记

烫手山芋，横亘于餐饮欲接之时；坚毅雄心，激扬在茅庐初出之临。誓不蹈前车之辙，勿栖惯例之林。以待人处世为基石，怀货真价实之胸襟，此乃辛巳年接手者经营之自诚！童叟无欺，宾至如归，笑脸相迎，味美价宜，熟客生人，一视同仁，诚信为本，不诈不侵。

整饬规章，上下齐一；庖丁深造，肴馔新质；员工风貌，贤淑层出；窗明几净，桌巾一璧；赏罚分明，一清二白；广谊名流，庶民不陌，以杯盘求口碑，以诚德赢顾客。一次千人，千人一次，词序之异，其蕴枳橘。

夫迎来人不骄不媚，娴雅与矜持有度；送去客礼让谦恭，友善兼诚邀并与。大度能容，容天下难容之事，菜品咸集，集南北可集之蔬。坚一念，历十余春之严寒酷暑，乃得一皆嘉声誉；守一则，履十余秋之风霜雪雨，便赢一美名食府！

嗟夫，余虽客居数十载，却与本土者无二，见关张无数，尝屡屡细审详察而私思：但凡大店小肆，一一少则三岁，多则五载，抑或甚长莫过五六年，杳杳如土行孙遁形不迹，寂寂如烟云去去无声，唯亚细亚经久不衰，且蒸蒸日上，历惊涛而不倒，处骇浪而不摧，何哉？

底线没，德信失，诚意毕，利无积！此乃商者之忌以及人！至若动辄急功近利，金钱第一，满目青蚨，张口铜臭，投机取巧，为富不仁，岂有不门可罗雀之理耶？

噫吁唏，谋事先做人，入行先守道！道不正，如何得术，术不正，如何得真法？此绝非仅经商之道，推及其余未尝谬也！

近闻亚细亚得新址，耳闻目睹，感慨良多，仅以此记聊以贺之。

【注】亚细亚饭店，坐落在县城东风大街西、人民公园正南，是呼图壁县城有名的饭店之一，兴建于2002年，至今经久不衰。

大唐石门水电站建设铭

丁亥始，癸巳结，斥资十三亿，筑坝狂澜截。发电灌溉田，拦洪降魔孽。呼河五百里，奔腾不停

歇。携迤逦，下南山，碧水潺潺；过涧壑，润松杉，清粼冽冽。潺湲于深山峡谷，势如温良恭俭之闺闱少女；咆哮在群峦涧壑，形似辗转腾挪之晴空裂缺。功过重重，疮疤叠叠。前人唏嘘无良谋，任其骄躁肆猖獗。巍巍大坝贯东西，遏止狂涛筑长堤。平湖一出泠泠镜，山影如螺水上映。

伟哉！石门水电站，福祉绵长惠子孙，了却平生心头病。

【注】大唐石门水库，1976 年 8 月石门子水库项目正式开工建设，1980 年缓建；2007 年 10 月，大唐水电续建，2015 年水库终建成。

呼图壁县三中景园铭

绿草茵茵，娇嫩温茸，将长廊凉亭环绕；红荷粉粉，清高自敛，被曲径穹庐渲染。易昔日之纷杂，露今日之清淡。粼粼涟漪，幽幽蒞莒，皆师生之共俭，映师生之汗点。

嗟乎！繁荣与静谧并存，文明与素养互鉴。居恬静怡然，宜于教学相长，处书山学海，便可慧心灵胆。带目相看休恣意，瓜田李下自分明。结伴前行，皆莫侵占。

【注】2007 年，呼图壁县新三中建成。

第六篇　屐痕吟咏

东行访古记

流丹八月初，太阳刚刚露脸，其炎炎炽热让人已经明显感觉到了它的雄威。我们一行六人驱车前往吉木萨尔县北庭镇破城子——唐代著名军事重镇。年长者刘仲政，次之王华都，再次依序为朱向南、李永伟、刘树靖，笔者乃末之。汽车一路向东奔驰，沿312国道继而转向吐—乌—大高速公路，直抵目的地——吉木萨尔。一行人或抒发感慨"此行是平生梦中之旅"，或曰"北庭景仰已久"，谈笑风生好不惬意。经过三个多小时的狂奔，终于到达。

经朋友介绍，我们初定游览目标有四，一是千佛洞寺庙，一是北庭古城，一是北庭古城西寺（又名"北庭古城回鹘王佛家寺"），一是新型的现代园林地质公园。

进入吉木萨尔县辖，首先驻足的是千佛洞寺庙。乌—奇公路边一座醒目的牌匾告诉我们，离这里不远就是千佛洞寺庙。一条柏油路将我们一行引到寺庙，这就是名刹千佛洞寺庙。

千佛洞寺庙分东庙和大雄宝殿两处。东庙门口矗立着一方简介牌，将它的历史告诉来人：该处建于汉朝，几经战火和内乱，能够侥幸保存下来，实属不易！

大雄宝殿是千佛洞的主体建筑，坐西朝东。正殿，矗立着一尊佛像。佛像左侧是一古洞，呈 U 字形，开口处是正殿，U 字形两侧内陈列着一排罗汉，各九尊，古洞内漆彩艳丽，U 字形底部睡有一座卧佛，金面跣足。出了古洞，木鱼与梵音交织在一起，袅袅地飘出正殿，在山峦间回荡震颤。

告别了千佛洞寺庙，我们一行继续驱车向着预期的目的地奔驰而去。又东行约 5 千米才到了吉木

— 220 —

萨尔县城。几经打听，寻得了北庭的故址。匆匆午餐，蜻蜓点水般地浏览了位于城区表现白垩纪时期风貌的现代地质公园之后，便朝着过客指点的北庭故址疾驶。

北庭古城位于县城城北 12 千米，俗称破城子，也叫唐朝城。南北长约 1.5 千米，东西宽约 1 千米，总面积约 150 万平方米。

史料记载，公元前 60 年，这里曾是车师后部王庭所在地，也就是一般人所谓的北庭前身。唐太宗贞观十四年（640）讨平高昌设立庭州，武后长安二年（702），在此设立北庭大都护府。所辖为天山以北、巴尔喀什湖以东以南广大地区，西面达咸海。明朝统一中原后，永乐十年（1412），蒙古察合台后裔王马合麻袭杀元主后，建立别失八里国，后来内部争夺王位，互相残杀，北庭古城毁于这次战乱火并。

汽车约走了 12 千米的行程，路边矗立着一块醒目的牌额，它提示我们：这里就是其故址了。我们在当地老乡懵懂的指点下，几经周折还是没有找到入口，看准了大致方向，于是就稀里糊涂拐进了一农田小径。汽车绕过农庄，在弯弯曲曲、坎坎坷坷

的荒滩、沟壑、杂草中行进，时而越坡，时而过坎，时而草，时而林，在无路的盐碱地中任凭车身歪斜抛落，执着地寻找着古城的辉煌与玢珚。徜徉于年代久远的廛市。用现代的心，感受一代名城的威武与凛然。虽然车外的气温高得使人汗流浃背十分难耐，身后车轮掀起数尺高的尘土，且紧紧地尾随着我们，使我们无法打开车窗。经过几番颠簸，我们一行来到一较高处，六人纷纷从不同地方径直向3米多高的最高处走去。

到达顶巅，原来我们的脚下就是古城的西门。回首远望，不仅视野猛地宽阔了，而且古城与古城墙的轮廓豁然清晰起来。

断断续续的干打垒城垤，高高低低，似有似无蜿蜒地包围着当年的城池，一点儿也不让人费力地去考证、猜测哪儿是城里，哪儿是城外，城墙顶上更是一点儿也找不到女墙的影子。个别几处，农民的庄稼地将城墙割裂开来，又仿佛印证和鉴别了历史的变迁。一排高压电线也似乎是展示当今的文明与发达，横亘于古城池的上空，逶迤而去。城池中，一墩墩的荒土，高高低低，断断续续，隐隐约约，时而隆起，时而低洼；一丛丛芨芨草、一簇簇骆驼

刺、一团团枸杞灌木，懒散地无序地交织着，偶尔断开，偶尔成片，偶尔露出一缚空地，偶尔又空开一道道蜿蜒的曲径，引领着眼球把视线推向遥远。目及处，一行行绵延的白杨树，一户户散落的农家，昭示着我们，这里有着现代的文明与耕作。一畦畦田亩稼穑，包围了整个古城池。虽然茂盛却仿佛像失去母爱的孤童，紧紧而又无助地依偎在城墙边，以为城墙就是他曾经的母亲，曾经的倚靠，曾经的依赖。它们的葱绿与荟郁，与凋零的城池形成了强烈的反差。城墙的断开处，点点的斑驳与杂沓，层层的褶皱与剥离，俨然蜂窝似的孔洞，在向我们裸露着沧桑与苍凉。

是文明叠加了历史，还是历史淘汰了猥琐？或者是鼎盛的繁华和重要，被权欲踩躏而后又深深地尘封了那段不堪回首的往事？我这样想。

落日的征兆已经向我们预示着暮色的光芒，匆匆留影之后，我们向着来时的公路的另一侧走去，那里还有北庭古城回鹘王佛家寺在遥遥地等待着我们的到来。泊车路边，一块高大的"北庭古城历史简介"就矗立在路边，铁丝网挡住了我们的去路，绕过樊篱，一行人仔细地阅读了简介之后便向北庭

古城回鹘王佛家寺方向行进。

北庭古城回鹘王佛家寺距我们所参谒的北庭古城约 1.5 千米，坐落在古城的西面。一条柏油路的尽头就是我们预期的目的地。进入寺庙，一座高大恢宏的现代建筑就耸立在眼前。门左侧竖一匾额，书"吉木萨尔县北庭故城国家遗址公园建设管理局"，右侧竖一匾，书"北庭考古研究中心"。进了大门，门楣上大字"北庭回鹘王家佛寺遗址"赫然映入眼帘。顺着内门的甬道右转拾级而上，进入二楼参观点，俯瞰着高大的土堆，面东一侧有六扇门户，内嵌有一尊尊形态各异却又不规整的佛像，兴许是年代久远，兴许是人为毁坏，有的面目全非，有的四肢不全，或断臂，或缺首，或失足，无尽的凄凉与沧桑，都一一写在了佛像的表层。

参观了四周，来到遗址正面，有几名考古人员正在细心地发掘、清理古寺的外部，也就是说，这座古寺还只是发掘了一个最初。这座遗址告诉我们：回鹘人历史上信仰佛教属千真万确！

出了北庭古城回鹘王佛家寺，黄昏已经迫近，我们再次驾车前往县城宾馆入住。

一夜无话。

次日早餐过后，我们一行来到北庭广场。广场正面是一城墙垛造型，宽大的广场东侧是恐龙时代的恐龙造型，生动、逼真；西侧是现代园林艺术，是"古为今用"的典型城市景点，供人们游览歇憩。

八月初的上午，太阳还是那样火辣辣的，仿佛要把北庭人的热情通过它来向我们传达似的。我们既感受到了吉木萨尔人的热情，更领略了北庭古城的沧桑：它是一种厚重，一种中华一统的凝重，是中国版图一统的标识，更是各个民族大融合的铁证。

按照原先的计划，正午时分，该是我们一行返程的时候了。

白色面包车，载着我们六人向西的返回之途奔驰而去。行程中，腹稿已成《大江东去·北庭故城钩沉》：

六人东去，向北庭，寻觅曾经关扼。故垒城垣，蒿草乱，生了深深深苤。夺势争权，狼烟烽火，落得苍凉驿。当年雄踞，不知多少功德！

分裂疆土尘氛，贼心常觊觎，纷纷横逆。堞倒墙颓，空荡荡，唯有绵延残壁。稼穑葱葱，熏风流过处，几丛荆棘。扶筇诗叟，叹些霜雪侵袭。

呼图壁县世纪园解说词

一方园林，将古老文明的典雅与现代文明科学点缀其中，贯娱乐、休闲于全境，容健身、秀丽于通体，拥边陲县城之罕见，怀抱着三工渠由西南向东北蜿蜒呈带状而下的去处，就是呼图壁县"世纪园"。它取世纪万象更新之意，镶嵌在县城城南，2007年被原国家旅游局评为4A级景点，纵约1300米，横约400米，总面积18万平方米。从2003年开始规划、设计、建设，分三期完成，是县政府近年来向全县人民承诺的几件大事之一。

世纪园有翠湖、茶楼、博物馆、戏水池、时昔园以及不同功用和形状的广场等十一大景点，错落有致，一步一景。满目浓荫翠碧，遍地绿草青茵，一弯弯小溪，一处处景点，一座座雕像，有天然鬼斧，也有人工匠心，秀色可餐，目不暇接，美不胜收。饕餮之余骈朋党并行，与来宾踱步，携丽人共进，徜徉于湖光水色，徘徊于碧草青茵，漫步于幽幽曲径，驻足于嶙峋怪石，落座于亭台廊阁，品翰墨、诗词、歌赋，拾先进现代科技，既可洞悉古典园林之端倪，又可饱览现代景观之一斑。

由西市南路进入正门，首先扑入眼帘的是一字排开的花岗岩浮雕照壁。照壁正中镂刻的是传统意义的迎客松，示意着这里的人们热情友善，迎迓八方贵宾；两侧南端镌刻着"万象更新"，预示着我们的事业和生活日新月异；北端是耳熟能详的吉祥如意，预祝游人喜庆吉祥。照壁背面，镌刻着修建世纪园的铭文。照壁外是高大的华表。华表柱上巨龙盘柱，大有乘云欲下之势。华表在传统的文化中是功勋与政权的象征。华表与照壁相互映衬浑然一体，给人以壮观、宏伟的气势。绕过照壁进入园林，立刻使人视野一宽。一泓清澈滢滢的翠湖，碧波微漾，涟漪粼粼。湖心矗立着端庄秀丽的莲花姑娘，迎迓着游人的莅临，委婉地诉说着曾经的故事；湖岸右边，一张弯弓搭着上弦之箭，直指湖心桃花岛，岛上连理亭小巧玲珑，是有情人软语缠绵的绝佳境地。

不知你是否看过苏联电影《列宁在十月》，影片中有一个十分重要的角色——瓦西里。在翠湖的西南角，矗立着一尊荷枪的军人塑像，这尊塑像就是他——十月革命领袖列宁的卫士瓦西里。瓦西里本名李富清，山东人。瓦西里为苏维埃政权的建立立下过赫赫战功，苏维埃政权建立和巩固之后，李富

清辗转回到祖国。在回国途中就居住在我们呼图壁县，并受到过毛主席的接见。

翠湖南岸倚仗着摩崖。摩崖上镌刻着3000多年前康家石门子生殖崇拜岩画和现代人文景观。绕着翠湖南沿迂回而去，就是古色古香的"茗香轩"（后命名为"闽昌楼"）。茗香轩借湖坡地形，掩映在翠盖浓荫的绿色之中，与扑面而来的碧波湖色融为一体。如果小憩一番，沏一杯清澈透明的香茗，或饮一碗清香浓郁的奶茶，或浏览一番墨香字画，不禁令人宠辱皆忘，心旷神怡。

出了茗香轩缓步南向朝东，蹊径曲折与迂回，被小路两旁一座座典故、寓言、生肖塑像包围，让人久久地沉浸在那厚重而又幽默、诙谐的氛围之中，留下几多启迪和遐想。路南侧与听泉亭仅咫尺之遥的三工渠，宛如铺了一条翠绿的飘带，潺湲着滔滔而去。

不经意中过了索桥，便是园林制高点"登山问水"，拾级而上"观景阁"，使人兀地生起"会当凌绝顶，一览众山小"的感觉，园林全貌一览无余尽收眼底。盛夏夜晚鸟瞰园林，华灯初上，五光十色绚丽霓虹把整个园林装点得璀璨融融，五彩缤纷，

辉煌灿烂，在悠悠扬扬的音乐声中，视听恍如梦境，声色仿佛幻觉，俨然是天宫景致。从不远处"闻声固步"传来振聋发聩的钟声，撼人魂魄，在深邃的夜空中袅袅弥漫，萦回，缭绕，更加突兀出几分古老，几分深邃，几分凝重。

下了观景阁，举步渠东，一湾悠悠小溪向北涓涓流去，偶尔有几座小桥引渡行人。小溪边有钱币形石径与南面"八卦广场"相连。八卦分别象征天、地、雷、风、水、火、山、泽八种自然现象。相传是伏羲画的卦，文王作的辞，用来推测自然和社会的变化。祖先以为，阴阳两种势力相互作用是生产万物的据源。八卦图在四周太极形坐凳的陪衬下愈发显得古老神秘而厚重。

小溪未尽，一座城市露天展厅横亘在你面前。展厅由半圆形百手岩画和放射状的八面铜雕组成。铜雕展示了本地的民族、历史、文化、生态环境。百手浮雕，揭示了我们美好生活靠双手创造的哲理。

顺着小溪来到文化"三重门"，仿佛突然置身于时光隧道，追溯从远古至而今的上下五千年往事。一部部经典名著记录了历史演绎，也积淀了深厚的文化底蕴；四大发明诉说着人类文明与进步；丝绸

之路引领我们走出了国门；《三字经》《百家姓》《千字文》这些启蒙读物让人仿佛又回到童年。沧桑历史与厚重的文化，使民族自豪感、危机感油然而生。

出了文化"三重门"，便是"喷泉广场"。广场东侧，屹立着四根蟠龙柱。九条巨龙盘踞一柱，龙柱之间相距9.5米，寓意着九五之尊。夜色朦胧，喷泉涌起，昭示着"祥龙唤雨"的传说。这个集现代科技和富娱乐于一身的人文景观，把清澈的水柱送入高空，水柱伴音乐的跳动而高下，随旋律的长短而喷涌。当音乐戛然而止，高达40米的水柱骤然跌落，一根根水柱摔得粉碎。人们在水柱边嬉戏着，沐浴着，流溢出垂髫少年和回归自然的本性。广场西侧，一座座敦厚庄重的石桥将干渠两岸相连。

喷泉广场东北角是以日晷为主题的"时昔园"。日晷是一切计时仪器的鼻祖，日晷雕塑是这里的主角。它一面仰面朝南，适用于秋分到春分；另一面俯首朝北，适用于春分到秋分。该日晷古称"赤道式日晷"。犹如众星捧月的"刻漏""滴漏""莲花漏"等六种计时器辐射式成扇形陈列，展示着它不同的计时方式。

　　由时昔园继续北下就是"七星广场"。六把"折扇"从小到大次第排列，分别赋予"乐、志、缘、智、安、和"六个主题。扇子与书画历来有着不解之缘。正面有不同风格的书体装饰，背面配诗词歌赋点缀，在古色古香中依稀折射出文化艺术与文化高雅。六把折扇与不远处的"子母亭"组成"北斗七星"图案，宽阔场地又形成"七星广场"。

　　七星广场西面，就是跨渠而居的"莲花台"。它预示了呼图壁莲花的传说和蒙古族语里"呼图壁"的由来。莲花台顶是一个10米高的帆船造型，号"穿光切影"。在霓虹灯的映照下，人影、树影、灯影参差辉映，人声、水声、乐声交错叠织，薄暮中裹挟着一些喧嚣，隐隐展出一幅现代市廛图。

　　穿过横亘世纪园的乌—伊公路北去，跨过"三工渠"，过绕"天人合一"的圆形雕塑，映入眼帘的是满含现代气息的科普画廊。人们用图片详细地描绘呼图壁县的城市建设和社会发展成就，并勾勒出未来蓝图；圆形"水舞台""看台"，是群众性文化活动场所的中心。

　　穿过这些景点然后径直向南行百十米，迎接你的是"童叟同乐"园。"鹰捉小鸡""棋逢对手"

"石猴"，这些小品雕塑，使人唤起儿时的记忆，别有一番天伦情趣。

紧邻着"童叟同乐"园的是一座圆形茶室。它临水而居：面前是音乐喷泉，与喷泉广场的喷泉、雾泉遥相呼应，构成一幕水帘图；身后是滚滚的干渠渠水。在这里盘桓片刻，或徜徉，或驻足，或凭栏，或品茗，都会使人惬意。

与圆形茶室相隔不远的西北角，就是儿童的天地——"童嬉龙潭"。潭南，立有一尊"尿童"塑像。第二次世界大战期间，侵略者将数十吨炸药安放，导火索已经点燃，一座美丽的城市即将毁于一旦，一男孩发现之后，情急之中用自己的尿液将点燃的导火索扑灭，从而挽救了整座城市。人们为了永久纪念这个机智的孩子，就塑造了这尊铜像。浅潭一侧的龙之九子，成弧形落座，形态迥异。相传龙有九个儿子：长子"囚牛"，喜爱音乐，后人常让它居于二胡、三弦琴之首；次子"睚眦"，常镶嵌或镂刻于刀鞘、剑鞘之上；三子"嘲风"，寓意吉祥除灾；四子"蒲牢"，铸造于钟磬之上，象征声音宏大；五子"狻猊"，盘踞于香炉之上，宋代女词人李清照曾有"香冷金猊，被翻红浪"（《凤凰台上忆吹箫》）

的词句；六子"霸下"，矗立于庙堂，能够给人们带来福祉；七子"狴犴"，预示宪章，古代悉见于监狱或官衙大门两侧；八子"赑屃"，善舞文弄墨；九子"螭吻"，又名"鸱尾"，相传能够灭火消灾。可见古人将良好愿望寓意于龙子，是何等向往！

毗邻龙潭的网球场和百草园，被茵茵绿草、朵朵鲜花簇拥，与跨渠而踞的仿古汉白玉桥、弧形广场、喷泉广场融为一体。涓涓而来的溪水就是从九子螭吻身后注入龙潭的。聆听潺潺流水，仿佛置身静谧深山，也仿佛让人体味俞伯牙与钟子期知音难觅的感觉，又仿佛是古筝奏出《高山流水》的袅袅乐符，大有隐士风范。

傍着小溪逆万寿路而上，路右边，博物馆气势磅礴，造型独特。建筑上汲取了现代装饰与古代儒冠的造型之美，峨冠博带，仪表堂堂，总面积1400平方米。室内展现的是呼图壁县的历史与现实，路左边，矗立着由一男一女构成的人头塑像门，别具一格，谓之"哲理门"，它骑路而居，小路穿门而过，向人们揭示着人生哲理。

沿着小溪边的万寿路继续上溯，曲曲折折的"平湖印月"幽廊，就依偎在翠湖边。廊庑婉约，檐

牙勾留，绘画古朴。晴和朗照的夜晚，一轮满月宛如一颗明珠映照湖心，似乎白居易"月点波心一颗珠"的诗句就在这里诞生。清辉如霜似玉，如乳似银，映照在曲廊，宣泄在湖滨汉白玉船型码头，构成一幅银装素裹夜月图。

沿着万寿路涓涓而去的溪水源头，就是"翠湖"。"拱桥横跨碧溪流，翠盖婆娑笼谧幽。杨柳不曾淹古色，密林深处露茶楼。"诗中的"拱桥"就是汉白玉月桥，"茶楼"就是茗香轩。

万寿路尽头便是翠湖北岸。依湖堤移步向西就到达了园林正门。

世纪园镂人文地理于一隅，构祥和秀丽于一陬，缠绵音乐悠扬舒缓，璀璨霓虹软玉温柔，天宫逊色，月殿蒙羞，赏心悦目，美不胜收。

诗韵呼图壁

呼图壁，一个遥远的传说称其为"吉祥之地"，另一说是"有鬼的地方"，使不明就里的人听起来着实毛骨悚然。那一座座的烽火台，仿佛向人们诉说着这里也曾经没有几日的平静与安宁："千载丝绸古道，一尊烽火高台。寒来暑往与兴衰，看尽人间世

界。俯仰何曾得足，徜徉不必扶腮。眼前风物与时谐，迢递边陲风采。"（《西江月·驻足呼图壁五工台烽火台有感》）。

据《呼图壁县志》记载，"呼图壁县境内有5个土墩台"，分别位于干河子西（呼图壁与玛纳斯两县交界处）、县城北22.5公里处（现111团）和今天园户村镇园户村村大营房看守所处（已毁）、三十里墩和五工台。土墩台即烽火台，当地人又称其为"唐墩"。

尽管烽火台遍布，然而古代诗人眼里可不是这样的。

"濯濯胡麻叶，英英苦豆花。草深无剩土，水瘦有余沙。"（清·宋伯鲁《呼图壁道中》）当初的胡麻今天已经很少见（甚至当今一些人已不认识它了），苦豆倒还不难见。可以想见，宋伯鲁（1854—1932）所经过的是地方，野草何其丰美，清澈的河水中淤沙可见。"万木响珍禽，千山送好音"（清·宋伯鲁《呼图壁道中》），幽幽之地叫不上名的鸟儿，啼啭得何其悦耳？若不是如此，怎一个"好音"着字？

陈庭学（1739—1803）在途经图古里（今作"土古里"）即今天的大丰镇时见到的却是这样一

番景象："边县城东路，青葱扁土膏。腰镰新麦获，戴笠旧农劳。野水涵粳稻，溪风香艾蒿。犊归斜日晚，鸟去片云高。旅迹投孤堡，尘襟付浊醪。轻阴幂残夜，数点雨萧骚。"（清·陈庭学《图古里》）青葱郁郁，土膏肥沃，人们头戴草帽（新疆是没有斗笠的），收获着一望无际的麦子，从小溪边吹来一阵阵夹带着艾蒿味的熏风，落日斜晖，牧童在飞鸟云高中晚归，田原一派农忙景象。

而200多年后的今天，大丰镇则是："一条短信依需发，滴灌松开闸。甘霖脉脉润微微，千亩平畴稼穑绿茵肥。苗枯天旱人工溢，不计朝和夕。如今科技助农桑，结束面朝黄土老规章。"（《虞美人·大丰镇联丰村现代化灌溉》）。只需要一个无线电信号，那汩汩清泉便依照人们的意志去灌溉农田了。

"二月枯枝柳，鹅黄初转金。东风才暖软，摇曳鼓春音。"（《二月呼图壁》）鹅黄初转，东风暖软，常人只是见过春，却没有听过春，诗人的笔下"春"竟然有了声音！这就是二月的呼图壁。

"孕育生机草木匀，冰消雪化返青神。东风一到呼图壁，但见枝丫挤满春。"（七绝《三月呼图壁》）三月之"春"已经到了枝上，这足以使人一睹春的尊

— 236 —

容了。

"棠若胭脂柳似绦，春风二月比并刀。轻寒杏雨添微冷，乍暖桃烟饰淡醪。紫燕呢喃新语涩，黄莺啼啭赶时髦。稻秧初嫩三分绿，鹅鸭池中濯白毛。"（《呼图壁仲春》）这三月的"棠"，不是普通意义上所说的草本"海棠"，而是当地人们谓之木本的海棠（属"林檎"科）。阳春之月，海棠花像胭脂一样染遍了枝杪，柳丝在微风里摇摇曳曳。贺知章将二月的春风比作剪刀修剪出了如绦的碧柳，这里不仅仅修剪了柳丝，还带来了"轻寒细雨""乍暖桃烟""呢喃""紫燕""啼啭""黄莺"，以及三分初嫩的"稻秧"。呼图壁的仲春已经是江南的晚春时节了，如此一幅郁郁葱葱的风景图画，不知古人以为如何？

也难怪古人，几乎都是被贬谪的匆匆过客，那时的呼图壁只不过是一个小小的驿站，谁还有心思留意这些锦簇荣华啊。

然而正因为这样的历史沉淀，近年来，当地政府才搞了一些重大活动。这不，2015年、2016年、2017年春，海棠盛开，相继举行了海棠花季活动，有诗为证：

"新晴携侣寻芳去，陌上过、粉红相聚。绰约有

人呼，一似烟和雾。小花柔弱垂髻女，乍开萼、半含半露。嫩绿正妖娆，躲在馨香处。"（《海棠春·游千亩海棠园》）绰约的繁花之下"有人呼"："一似烟和雾。"此可谓神来之笔。印象中"烟"和"雾"，只有仙家才能享受。

更为奇特的是："我去田园看海棠，不涂胭脂也馨香。归来蝴蝶萦萦绕，弦外余音谑俏郎。"（《暮春赏呼图壁海棠花季》）看花人回来途中，蝴蝶竟然追逐着他们。这也就惹得有人戏谑曰："一个多情种！"这里的"花"与"花"已经有了另一番意义上的转义了！如此一来，海棠花便越发叫人浮想联翩了。

一俟晚春，"枯草新芽崭露尖，三分春色七分眠。田间微绿谁知早，只有农夫识得先"（《呼图壁季春》）。我们尊敬的农民伯伯对春的到来是最早知道的。他所关注的不是"春"如何，而是当下天气，因而就"只有农夫识得先"了！

炎炎盛夏，田原一派蓊蓊郁郁，仿佛笼罩着一袭青翠的薄纱，"六月平畴碧似纱，诗家眼力骤然差。明明一对痴情鸟，误作田间两朵花"（《仲夏农田即景》）。在翠碧茫茫的田野，远处一对白鹭亭亭玉立，俨然是两朵白花。

诗耶？画耶？

一年四季之中唯有冬日之景格外别致："三三两两赋闲郎，散布河滩面向阳。宜趁初冬天气好，抛竿岂止钓寒凉。"（《初冬垂钓呼河》）这可绝不是"独钓寒江雪"的清高，而是游手好闲之辈的写生！

四季如斯，不消细说。呼图壁自然也是一方旅游胜地，不仅有"和谐塞族崇元根"的康家石门子著名岩画，还有"幽幽小径远伸深，绰约霓虹透密林。执手双双无数侣，小桥过罢耐人寻"（《夜过世纪园》）的世纪园。那幽谧的丛林深处会有多少缠绵缱绻？谁没有年轻过？此外，还有"人人四处觅西施，踏破铁鞋喟叹迟。莫道范蠡携去远，呼城边上露英姿"（《游呼图壁如意生态园》），这可是千般妩媚万种风情如西施般的如意生态园。相传，范蠡辅助越王灭吴以后，带着风情万种的西施载舟湖上不知所踪，原来是到呼图壁来了？！奇特的想象，可想而知，生态园有多美！它可是倚滔滔北去的呼图壁河而建的："呼河北去小温柔。白浪滔滔不载舟。灌溉农田营渔牧，氍毹一碧万千畴。"（《题呼图壁河》）正是这一河流孕育和养育了这里的一方水土、一方人。

城市景色如此之美，农村就更不消说了。

"门对苍烟户对岚，依稀村舍画屏簪。燕飞边做呢喃叙，争道吾居胜岭南"（《十三户》），你知道这是哪儿吗？是园户村镇的十三户，俨然是江南景象！"听惯蛙鸣鸟雀呼，肥鱼日暮跃平湖。炊烟袅袅飘村外，家占蓬莱阁一隅"（《羡慕大泉人》），身处其中不是神仙，胜似神仙！这就是大名鼎鼎五工台镇的大泉。"蔚蓝天，苍翠野，一派青葱，万里无云夏，昨日稻秧才插下，妙手成行，满目丹青画。鹭田头，蛙水下，柔嫩蒹葭，叶片新清雅。河水潺潺如带泻，舒缓涓涓，流过蘅芜坝。"（《苏幕遮·小海子垂钓送目》）何其惬意的塞外江南——小海子。那里"小风微漾满池波，绿盖新擎翠碧多。红粉妖娆初露色，蜻蜓轻点一枝荷"（《小海子池荷》）。天天灼灼的映日荷花，"风物看看近故乡"，难道你觉得不是江南？

如果说这些只是视觉的感受，那么听觉呢？

唯一用汉语方言演唱的地方剧种新疆曲子（俗称小曲子），它的生根与承袭，似乎又在证实着这一片热土上的文化底蕴，在向人们诉说着她与祖国不可分割的历史渊源："一张芦席将展开，瓦子三弦列阵排。庭院既能歌婉转，坪场又可赋闲差。农忙不误田畴事，节庆常邀旦角俳。多少舞台随地置，繁

荣不懈赖吾侪。"(《新疆小曲子》) 其间的简陋，是由当地特有条件而决定的，虽没有其他剧种的奢侈与排场，但依然使不少人沉醉而流连、盘桓。

噫吁唏，祖国版图上的每一寸土地，无一处不渗透着文化灿烂和灿烂文化的印迹。正是这一切才使人有了不能舍却的那千秋万代的根——中华民族！

经过多少人的努力，西域已不是当初的塞外，呼图壁已不是那时的边陲，"呼图壁，当年小镇生芦荻。生芦荻，马途牛道，雨天泥泞。休闲举足星期日，相逢却是常相识。常相识，夜来灯蜡，暑宵蚊袭"，那时不仅人口稀少，而且蚊虫密集；"呼图壁，而今道阔车流急。车流急，物华天宝，大楼林立。人心不古追潮汐，芸芸商贾如云集。如云集，朝悬绚丽，夜生虹霓"(《忆秦娥·呼图壁今昔》)。

今天的呼图壁，你我都可以做证——那是诗一般的，有着韵味的！

明天呢？相信一定更美好！